古猫
東雅夫編

旧談

京極夏彦

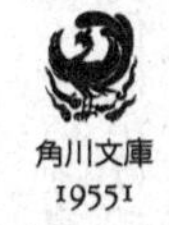

角川文庫
19551

はじめに

これからお読み戴くお話は、すべて江戸時代に書かれた『耳嚢』という書物の記事に材を採っています。『耳嚢』は根岸鎮衛という旗本が天明から文化にかけての凡そ三十年に亙って書き記した文書で、ジャンルとしては随筆に分類されます。しかし『耳嚢』はエッセイではありません。社会的地位も高く、交友関係の幅も広く、好奇心旺盛だった根岸鎮衛が、友人や知人から聞いた面白い話、奇妙な話、それから町の噂話、迷信、事件の顚末などをつれづれに書き留めた、備忘録のようなものです。殆ど全てが伝聞で、中には誰かの作り話としか思えない笑えるエピソードまで交じっています。また世相に対して皮肉めいた書き方をしている箇所もあります。そのあたりから根岸鎮衛のセレクトの基準が、〝事実かどうか〟ではなく〝面白いかどうか〟だったということが判ります。『耳嚢』は二百年前の〝面白世相雑学メモ〟とでもいえばいいでしょうか。

さて、『耳嚢』には現代では〝怪談〟として受け取られてしまうだろう怪しい話も幾つか収録されています。ただ、書いた根岸鎮衛に読む人を怖がらせようという意図はありません。現代人である私達が読むには説明不足なところも多くありますし、他の逸話と同じように淡淡と記されているため、読み流してしまいそうになる程です。でもよく読んでみると怖い、怪しいという話が、少なからず記されているのです。

二百年後、〝怪談実話〟というエンターテインメント文芸のジャンルが人気を博すようになりました。多くの人から体験談を聞き集め、〝怪談〟として文章に書き起こすというスタイルは、ある部分で根岸鎮衛の仕事に通じるものがあるでしょう。怪談実話には、ズバリ『新耳袋』（木原浩勝（きはらひろかつ）・中山市朗（なかやまいちろう）著）という名の人気レーベルもあるくらいです。本書はそれに倣って、『耳嚢』の中の怪しい話や奇妙な話を、現代の読者が〝怪談〟として読めるように書き改めてみようという試みで書かれたものです。エピソードごとに原文を併録していますので、読み比べていただくのも良いでしょう。そして興味をお持ちになられた方は、オリジナルの『耳嚢』を、是非読んでみてください。

それでは、新しく書かれた旧（ふる）い怪談――『旧談』を、お愉（たの）しみください。

目次

旧談

――『耳嚢』より

うずくまる

Uさんは、私（根岸）の遠縁にあたる、謹厳実直な武士である。

今はもう隠居してしまったが、現役時代はどんな役向きを振られても不平不満を言わず、コツコツと勤め上げるタイプの、所謂真面目人間だった。

そのUさんが、まだ四十代の頃のことだ。

その日は午後から酷い暴風雨だったので、普段より早く雨戸を閉め、Uさんは夜着に着替え床を延べて、休む準備をしていた。

ところが、夜半だというのに戸を叩く者がある。

雨戸越しに用向きを聞くと、当番仲間からの緊急の呼び出しだという。

仕事とあらば仕方がない。何ごとにも役向き大事と考えていた真面目なUさんは、急いで身支度を整えると、侍一名をお供に連れ、早々に家を出た。

雨足はかなり激しい。戸を細く開けただけで雨がしぶき込んでくる悪天候だった。急用でもなければ、まず外出はしないだろう。普段なら、まだ人の往来がある時間帯だったが、さすがに夜道に人影はなかった。夜廻りはおろか、犬の子一匹いない。

秋の雨は冷たい。おまけに風も相当強く、うっかりすると提燈の火が消えてしまいそうな案配である。

途中で燈が消えてしまったりしたら大ごとである。火を借りようにも手立てがない。ただでさえ足許がおぼつかない雨風の中である。真っ暗闇になってしまっては仕事場に行き着くことも叶わないだろう。

急がば廻れと俚諺にあるとおり、慎重になるに越したことはない。

Uさんは桐油を塗った紙の合羽で提燈を覆うようにして、そろそろと進んだ。

番町馬場あたりに差しかかった時のことである。

――うずくまっている。

路肩に、女がうずくまっていた。

いや、女だと思ったのだが、女ではないかもしれなかった。

一本道である。雨は益々強く降り注いでいる。提燈で照らして確認する訳にも行かない。

だから、たぶんはっきりは見えなかったのですよ、とUさんは言った。

でも、幻覚でもなかった――のだという。

何かがうずくまっていたことだけは間違いなかったのだそうだ。

Uさんは訝しく思いながらも一定の速度でその横を通り過ぎ、うずくまっているのは合羽を纏った女だと、やっぱりそう思ったのだという。

で、過ぎてから、

——違うな。

と思い直したのだそうだ。

合羽を着ていると思ったのはそれが傘も持っていなければ笠も被っていなかったからだし、女だと思ったのは髷の形が確認出来なかった所為だ。武士の身形でも、町人の身形でもなく、剃髪している訳でもない。だからUさんは、謂わば引き算で女だと思ったのである。でも、考えるまでもなく、嵐の夜に女性が道端にうずくまっているというのはおかしい。それなら。

Uさんは振り向かなかった。

代わりに供の侍が振り向いた。

Uさんが幻覚ではないと言ったのは、目撃者がもう一人いたからなのである。

「あのう」

供侍は言った。

「あれは——何でしょう。その、戻ってよく見てみたほうがいいでしょうか」

「やめなさい」

Uさんはそう答えた。いや、誰であろうと悪天候の夜半に道端で難儀しているのであれば救いの手を差し伸べるべきだろう。町人だろうと、もっと身分の低い者であったとしても、それは同様だ。それはそう思う。

だが。

違うのだ、きっと。身形の問題ではない。うずくまっていることだけは確実だが、うずくまっているのはそういうモノではない。そんな気がしたのだという。

いまは仕事場に無事たどり着くことが先決だ——そう思うことにした。

そう思った途端に脇道が現れて、そこから提燈を提げた二人連れの足軽風の男が出て来た。

男達は提燈を掲げてUさんの顔を繁々と眺め、どうかなさったんですか、と尋いてきた。その時は余程酷い顔をしていたのでしょうとUさんは言った。

これは心強いことです、やっぱり様子を見ましょうよと供侍が言うので、Uさんは振り返った。

ところが振り向いて見ても誰もいない。

道幅の狭い一本道であるし、Uさんたち四人を追い越して先に行くことは出来ない。左右に人家もなく、逃げようも隠れようもない。

反対方向に向かったのだとしても、全力疾走でもしない限りは跡形もなく消えうせることなど不可能である。

少し戻って確認してみたが、やはり誰もいない。それらしいものも何もない。

ただ雨が降っているだけだった。

不可解ではあったが、そこにそうしている訳にも行かず、気に懸けて貰ったことに対する礼を足軽風の男たちに言い、Uさんは仕事場へ向かった。供侍は変だ、変だとしきりに首を傾げた。

仕事場の門前に着いた時、Uさんは大変な寒気を覚え、意識が遠退いたのだそうだ。

熱があったんですよ、と言ってUさんは笑った。

迎えに出て来た同僚が慌てて介抱してくれたのだが、結局翌日から高熱を発して病みつき、Uさんは二十日間も床に臥してしまったという。

瘧にかかったのだそうだ。秋口の夜中に雨の中右往左往していた所為でしょうとUさんは語った。

一緒にいた供侍も、Uさん同様二十日ばかり寝込んでしまったのだそうだ。

「お供の侍はね、あれは、瘴癘の気が雨の中に凝り固まったものだったんです――なんて、いまだに言うんですがね、さてどうでしょうな。出来過ぎているように思いますね。それだと、伝染病を振り撒く疫病神が、雨の中にうずくまっていたということになるでしょう。それは――どうかと思いますね」

それよりね、とUさんは続けた。

介抱してくれた同僚は後々、語り種のようにこう言うのだそうだ。

——あの夜あんたたちを見つけた時は、それは驚いたなあ。一瞬、化け物かと思ったよ。なんせ雨の中、門前に二人でうずくまっているんだから。

「うずくまっていたんですよ、私たちも」

Uさんはそう言って、もう一度笑った。

番町にて奇物に逢ふ事（耳嚢巻之四）

豫が一族なる牛奥氏壮年の折から、相番より急用申來、秋夜風雨強き夜、一侍を召連番町馬場の近所を通りしに、前後往來も絶る程の大雨にて、挑燈一つを不吹消やう桐油の陰にして通りしに、道の側に女子と見へてうづくまり居しが、合羽やうの物を着、傘・笠の類ひも見へず、聢と女とも見へず、合點行ざる様子故、右の際を行過しに、召連たる侍、「あれは何ならんと得と見可申哉」と言しが、「いらざるもの」ゝよしを答へしに、折節挑燈を持たる足輕使體の者兩人脇道より來る故、右の跡に付元來し道へ立戻り、彼様子を見んとせしに、始見し所に何にても不見、四方打はなれたる道なれば、何方へ行べきやうもなし迚口ずさみ歸りしが、門へ入らんとせし頃頻に寒けせしが、翌日より瘧を煩ひ廿日程なやみしが、召連し者も同様寒けして熱病を廿日程煩ひけるとや。瘴癘の氣の雨中に形容をなしたるならん。

覚えてない

　Fさんは大坂で開業医をしている。

　腕が良かったのか、遠方からの患者もそこそこあったし、往診の依頼も多くあった。

　そのFさんが真田山の麓まで往診に出向いた時のことだ。

　往診といっても急患や重病人の類いではない。

　真田山にはFさんの知り合いのお年寄りが一人住んでいた。

　この人は大変な物知りで、所謂通人でもあったから、Fさんは診察がてら訪れてはその人と話をするのを楽しみにしていたのだ。

　何ぶん高齢であるから一応診察らしきことはするのだが、別に持病があるという訳でもなく、いたって健康な老人であったから、往診とは名ばかりのご機嫌伺いに近い訪問だったのである。

久し振りだったこともあり、Ｆさんは軽く問診などした後、縁側に座っていただきものだというぼた餅などをご馳走になりながら四方山話をした。

何を尋ねても老人はにこにこと笑って答えてくれるのが常である。

夕暮れ近くまで和やかに談笑していると、庭先に何やらものものしい雰囲気の男が現れた。

Ｆさんはその男をひと目見て、衣服の着こなしが爽やかだなと、そんなふうに思ったそうである。

男は庭を通って真っ直ぐに老人の前まで進むと、

「用事があって遠くへ出向きますので、暫しのお暇乞いに参りました」

と言って頭を下げた。

老人はそうかそうかと嬉しそうに言って、手を叩いて使用人を呼び、ぼた餅をもうひとつ持ってきなさいと言いつけた。

それからＦさんに男を紹介した。藤森山に住んでいる者だということだったが、どういう訳か名前は教えてくれなかったそうである。

やがて盆に載せられたぼた餅が出された。

男は丁寧に礼を述べ、ぼた餅を食べ始めた。

ただ、箸を使わない。それどころか手も使わない。

うつむいて口をつけ、盆から直接食べている。

礼儀正しい言動や立派な身なりにあまりにもそぐわない食べ方だったから、Fさんは随分と奇異に感じ、失礼だとは思ったがじろじろと男の仕草を見てしまったのだそうである。

男がぼた餅を食べ終わると、老人は、

「君の家は遠いからそろそろ帰ったほうがいいね」

と言った。男は素直に頷いて、大変ご馳走になりました、と礼儀正しく挨拶をし、Fさんにも会釈をしてから、帰って行った。

男を見送ってから、Fさんの胸に僅かな疑問が涌いた。

藤森といえば京都の伏見である。真田山からは相当に距離がある。既に夕刻であるから、夜通し歩くつもりにならないと帰り着くことは出来ない筈だ。

あの方は途中で何処かお泊まりにでもなるのでしょうかと問うと、老人は心配ありません、あの人は日が落ちる前に藤森に帰り着くでしょう——と答えた。

いくら何でもそれは無理でしょうとFさんは返した。

どう考えても辿り着ける距離ではない。

「平気です。あの人は狐なんです」

老人は平気な顔でそう答えた。

Fさんは冗談だと思ったから大いに笑った。

たぶん、男の食事の仕方が妙だったことを揶揄しているのだと思ったのだ。

しかし老人は真顔になって、いや本当ですよと答えた。

信じられないと言うと、

「それなら伺いますが、あなたは今の男の衣服の柄を覚えていますか？」

老人はFさんにそう問うた。

Fさんは、文字通り虚を衝かれた。覚えていない。

まったく思い出せなかったのだそうだ。立派な身形ではあった。爽やかな着こなしだとも思った。それより何より、ぼた餅を食べている間中、Fさんはじろじろと男を観察していたのである。

それなのに。

衣服の柄は疎か、色も品質も、何もかも、まるで覚えていない。

老人は愉快そうに笑って、妖化の者の着物は見定められないものなんですよ、と言った。狐や狸が人に化けるような場合、どんな衣服を着ていたか覚えていることは出来ないものだ、というのである。

「だってそれはそうでしょう。狐なんですからね、何も着ていません」

老人はそう言った。

揶われたのだと思いますが——とFさんは前置きをした後、

「でも覚えてないんです」

と、首を捻ったそうである。

獸の衣類等不分明事（耳囊巻之四）

大坂に古林見意といへる醫師の在りしが、彼見意が語けるよし。眞田山の邊に學才ありし老人在りしが、行通ひて物など尋問しに、或日人物匆體らしき男、衣服さわやかにて彼老人の許に來る者ありて、老人遠方來し事を尋ねければ、「用事有りて遠國へ參る間、しばしの暇乞に來りし」と云ふ。當時藤森邊に居候ひし趣にて、彼老人召仕ふ者に申付、外より貰ひし牡丹餅を盆へ乘せて出しければ、何か禮謝して彼男人體に不似、手又は箸抔にて不取して、うつむきて口にて食しければ、「遠方なれ、早〳〵歸るべし」と、老父の辭に隨ひ暇乞ふて立歸りぬる。跡にて、「藤森までは此邊よりは里數も是あるに、今日暮に及び歸るといゝひしが、夜通しにも歸る事かや」と、見意彼老人に尋しに、「彼者は暮ざる内に歸るべし。實は狐なる」よし。且、「彼ものゝ衣服は何と見給ふや」と尋ける故、「何にか立派には見へしが品は不覺」よ

し申しければ、「さればとよ、狐狸の類、都て妖化の者の着服は何と申事
見留難きもの」>よし、彼老人語りしを、見意直くに我が知れる人
に語りし由也。

ただいま

　先日Ａさんから聞いた話である。

　Ａさんは中山道桶川に住んでいるのだが、同じ町内に、Ｂさんという女性が暮らしていた。

　Ｂさんは息子さんと二人暮らしをしていた。裕福でこそなかったが、取り分け貧しいということもなく、何不自由ない暮らし向きだったそうである。ただ、そんなＢさんにもひとつだけ心配ごとがあった。

　息子さんの様子が、少しばかりおかしくなってしまったのだそうだ。

　乱心しているということはない。

　狐が憑いたように激しく暴れる訳でもない。

　ただ、日に数度我を忘れてぼおっとしていることがある。

話しかけても返事もせず、うつろな眼で、ぴくりとも動かずに放心している。

他に悪いところはなかったが、やはり普通ではないので、Bさんは医者を頼み薬を与えて治療に専念した。その甲斐あって徐々に快方に向かい、息子さんはほぼ正常に戻った。

それでも、気がつくと放心していることもあり、Bさんは気が気ではなかったのだそうである。

ある日息子さんが、

「近所のお稲荷さんに一人で参詣したい」

と、言い出した。

それまで信心していた訳でもなかったから、Bさんは不安になった。

お参りすること自体は悪いことではないのだろうが、突然のことなので止めさせたほうがいいとBさんは考えた。快方に向かっているとはいうものの、いまだ普通ではない訳だし、一人で外出させて何かあってはいけないと思ったのだ。

しかし息子さんはどうしても行くと言う。

近所の人や親類に相談し、みんなで止めさせようとしたのだが、息子さんは頑固で言うことを聞かない。

已むを得ず先方に連絡を入れ、是是然然の者が行くので宜しく頼むと伝えてから参詣を許した。

その時は何もなかった。

暫くして息子さんは、

「今度は浅草の観音様にお参りしたい」

と言い始めた。

勿論一人で行くという。

Bさんは困って、再び親類に話をして貰ったが、息子さんは例に依って聞く耳を持たず、埒が明かない。

そこで組合の役人に相談した。役人は息子さんの普段の様子をよく知っていたので心配し、近所なら兎も角、浅草まで出すのは感心しないと言った。お役人が納得しないのだから諦めろとBさんは必死で止めた。

息子さんは四五日温順しくしていたが、そのうちBさんが目を離した隙に、ぷいと姿を消した。

Bさんは大いに慌てた。

一人で浅草に行ったに違いないと思ったのである。

健康な身体なら兎も角、息子さんはまだ普通ではない。

道々何かあっては取り返しのつかないことになり兼ねない。

Bさんは大いに心配し、人を使ってあちこち捜したが、息子さんの姿は何処にも見当たらなかった。勿論、浅草界隈も捜して貰ったが、観音様に行った様子もなかった。

姿が消えて四日目の明け方のことだという。

どぼん、と大きな音がしてBさんは目覚めた。

音は、門口にある井戸のほうから聞こえた。

音を聞きつけた近所の人たちが出て来て覗き込むと、井戸の底に人が沈んでいるのが確認出来た。これは大変、人が井戸に落ちたと、役人などに報せ、総掛かりで何とか引き上げた。

「Bさんの息子さんでした」

Aさんも引き上げに協力したのである。

「引き上げた時はまだ息があったんです。そこで医者を呼んで介抱したんですが、その日の夕方には息を引き取った。折角帰ってきたのに不憫なことだと、その時はみんな嘆いていましたよ」

Bさんの悲しみようは大変なもので、言葉では言い表せない程だったそうである。

自分の不注意で息子さんを亡くしてしまったようなものなのだから、それも当然のことだろう。

Bさんが泣くばかりなので、Aさんたちは菩提寺とBさんの親類に連絡をし、手分けして葬儀の手配をした。

その日はそのまま通夜をして、翌日菩提所に恙なく葬った。

「親類縁者も近所の者も、あまりにBさんが哀れで、随分と泣きましたが」

ところが、とAさんは続けた。

葬儀から四日目の夜、Bさんの家の戸を叩く者があった。喪も明けぬうちにいったい誰だろうと、Bさんは恐恐と戸を開けてみた。

すると――。

息子さんが立っていた。

「ただいま」

息子さんはそう言った。

Bさんは悲鳴をあげた。

その悲鳴は私の家まで聞こえましたよとAさんは言った。

「火事か泥棒かと出てみれば、そこにいたのは慥かに死んだ筈の息子さんでね、Bさんは幽霊だ幽霊だと悲鳴を上げ、怖がって近寄ろうともしない。まあ、みんな驚きましたよ。当然ですよ。自分たちで埋葬したんですからね。ところが、息子のほうはけろっとしていて、寧ろ不審そうな様子でした」

幽霊にしては様子が変なので、取り敢えず家の中に入れ、皆で話を聞いたところ、皆さんに止められたもののどうしても我慢出来ず、黙って浅草に行って来たのだ――と息子さんは答えた。

そんな馬鹿な話はない。しかし尋ねてみると道中は彼処と彼処に泊まった、いつ何処で何をしたと、克明に答える。

「全部本当でした」

近所の者はあまりにもおかしな話なので、人を遣わして先先の事情を聞き集めたのだそうだ。

息子さんの言ったことはすべて真実だった。

「姿形も何もかも、どこからどう見てもBさんの息子さんでした。けものか何かが化けたのかとも思ったけれど、まあそんな馬鹿なことはないのでしょうし、Bさんも私たちも、すっかり困ってしまった」

それが本人だとすると――。

井戸に落ちて死んだのは別人だ、ということになるからである。

生きた本人が目の前にいる以上、これは疑いようがない。

勘違いをして赤の他人を菩提所に埋めてしまったとしか考えられない。

思い返せばBさんも動転していたし、親類や近所の者も、はなからそうだと思い込んでいただけ――だったのかもしれない。

いや、どう考えてもおかしいから、これは心の迷いだったに違いない――そういう話になった。

まことに困った事態である。

そこで役人に事情を説明して、菩提寺に断って墓を掘ることになった。別人ならば身許を確認し、埋葬し直さなくてはならない。

ところが。

「やっぱり息子さんでした」

Aさんは困ったようにそう言った。

棺桶(かんおけ)の中の死体も、間違いなくBさんの息子さんだったのである。

「本物も偽物もない、どっちも息子さんなんですよ。これ、単に似た人だと思うしかないんでしょうが、亡くなった場所といい時機(タイミング)といい、果たしてそんな偶然があるものかどうか——まあ、普通はないんでしょうが」

村中の者、親戚(しんせき)連中、役人も住職も、母親であるBさんも、誰が見てもまったく同じ人間だったという。

「現在、息子さんは自分の位牌(いはい)と暮らしてますよ。まあ、今でも時たま放心することがあるようですが」

色んな意味でBさんも困っていますと、Aさんは語った。

妖談の事（耳嚢巻之十）

文化六年のはる、人の語りしは、此程奇事あり、中山道桶川宿とかや、親も有しや、母子貳人暮しにて家もまた貧しからず。然るに息子なるは亂心と申程もなく、狐の付たると申にも非ず、うつゝなき事有りし故、他行をとゞめ服薬を心を盡し、段々快く最早常體とも申べけれ共、時としてうつゝなき事多かりしに、「近邊の稲荷へ參詣なし度」よし申ける故、近所親類共へもしらせ止めけれ共、程遠き所にもあらざれば、彼社頭え相談の上遣はしけるが、其後「淺草觀音へ參詣致度」相願ける故、母の一了簡にも難成、親類・組合へも咄しけるが、「是はいらぬもの也。心元なき」よしにて、所役人も合點せざる故さし止めけるに、四、五日ありて與風立出て行衛不知。「定て淺草觀音參詣とて江戸へ出ぬらん」とおもへ共、母は大に驚き人を出し尋けれ共不知。四日目の曉、門口の井戸へ物の落候音のしければ、家内驚きて井の中を捜しければ、落入候者あり。からふじて引上げけるに彼息子にありければ、未息もある故色々養生なしけれど、其日の夕部果けるにぞ、母の歎きはいふ斗なく、無據親類打寄りて次の日菩提所へ葬りて皆〳〵歎きけるが、四、五日過て夜に入、表の戸を敲くもの有し故、右の戸を明ければ彼息子なる故大に驚き、「幽魂の類ひならん」と、母さへ側へ寄らざりしが、彼息子大に不審して、「我等幾日に頻りに觀音へ參詣致度、立出いづかた〳〵に泊りて、昨日出立、道中も何方に泊り歸りし」といふ故、其先〳〵えも人を出し尋けるに、聊相違なし。さて「葬送せしは心の迷ひなるべし。堀て見よ」とて、菩提寺へも斷、堀穿見しに、是又息子の死骸に相違なければ、「かゝる奇事もある事や、立歸りし息子若妖物にもある哉」と、打寄尋ねて其様子を樣し見るに聊違ひなく、折節うつゝなき事のあるも、前日にかはる事なし。今に不審不晴と語りぬ。

但かゝる事有べきにもあらざれば、其虚實を糺ぬれど、いまだ其實を不明なり。

ぼろぼろ

私（根岸）の知人である眼科医が教えてくれた話である。

その眼科医は江州八幡（いまの滋賀県近江八幡）に住んでいるのだが、同じ町にIさんという人が住んでおり、これはそのIさんの話である。

いや、Iさんの奥さん——正確には前の奥さん——の話、と言ったほうがいいかもしれない。

何しろIさんは、何も覚えていないのである。

Iさんは八幡界隈でも指折りの金持ちなのだそうだ。

Iさんの家は商家で、しかも近在では知らぬ者がないほどのM屋という大きなお店なのだそうである。

Iさんは本来であればそのM屋の主人なのだが、現在は隠居の身だという。

隠居といってもIさんはまだ五十代の働き盛りである。

身体の具合が悪いという訳でもない。

現在のM屋の主はIさんとは縁もゆかりもない者である。しかも驚いたことに、その主というのは、Iさんの妻の亭主なのだと言う。

いや、妻の亭主としか呼びようがないのですと言って、その眼科医は苦笑した。

女房の浮気相手に店を乗っ取られたとか、恐妻がIさんを追い出して男を引きこんだとか、そういう話ではないらしい。何よりIさんは現在、その妻と、妻の亭主と同じ屋根の下に暮らしているというのだから、本当のことならばこれはまことに奇態な話である。

実をいうならIさんは二十年ばかり前に一度失踪しているのだそうである。

結婚し、近江に店を構えてすぐのことだったというから、まさに人生これから、しかも順風満帆の船出という矢先の失踪だった。

動機らしきものも前触れもなかったから、家族も使用人たちも大いに驚き、金に飽かして八方捜し廻ったが、Iさんは見つからなかったのだそうだ。

構えたばかりの店だけを残して夫に失踪されてしまった新妻はたいそう困惑し、結婚したばかりであるから跡取りもなく、一族郎党と相談の上で入り婿を迎え、店を継がせたのだった。

失踪した日を命日と定め、葬式まで出したのだという。

ところが、Iさんは帰って来た。

「二十年経っていきなり戻ったんです。そういう訳で現在、Iさんは隠居の身で、なおかつ奥さんと、奥さんの亭主と暮らしている——ということになる訳ですよ。まあ、奥さんにしてみればIさんは前の亭主、ということになるのでしょうが、離縁した訳でもないし、先立たれた訳でもないですしねえ。奥さんも困惑してますが」

Iさんにしてみても、そのあたりのことがよく呑み込めない。

呑み込めないというより何が何だか解らないのだという。

失踪した時のことをIさんはよく覚えていないのだ。

それに加えて、失踪中の二十年間の記憶がIさんにはまったくないのである。

「と、いうより——」

その二十年はなかったんですと、その眼科医は言った。

Iさんは、どこにも行っていなかったのだ。

だから、帰って来た訳ではないのだという。

二十年前、Iさんは、

「便所に行く」

と言って、部屋を出た。

その際、暗いので下女に燈を持たせて連れて行った。

奥さんは部屋で待っていたのだが、待てど暮せどIさんは戻らない。

下女を連れて行っていることもあり、あまりにも帰りが遅いので、もしや浮気でもしているのではないかと懸念して、奥さんは様子を見にお手洗いまで行ってみたのだそうだ。

すると、便所の扉の前で燈を翳した下女が困ったような顔をして立っている。

どうしたのかと尋ければ、Iさんは便所に入ったきり、いつまで経っても出て来ないのだという。下女にしてみれば、立場上便所が長いからといって戸を叩いて主人を呼ぶ訳にも行かず、困っていたのである。

腹を瀉しているとしても些か長過ぎる。

戸を叩いてみたが、返事はない。

呼んでも叫んでも答えはない。

もしや中で倒れているのかと、人を呼んで無理矢理扉を開けて貰った。

すると。

中は蛻の殻である。窓から抜け出したような形跡もなかった。

当然下女が怪しいということになり、問い詰めたものの埒が明かない。

履物もなくなっておらず、家を出た形跡もなかった。

そのまま二十年が過ぎてしまった。

そして。

二十年後のある日——。

便所から人を呼ぶ声がする。

行ってみるとIさんが、いなくなった時と同じ格好で便所にいた。

「奥さんはいなくなった時の服装を覚えていたんですね。失踪当時付き添った下女というのは、もうだいぶ前に暇を出していたそうですが、店の者も家の者も残っていますから、服装は兎も角、Iさん本人に間違いはないということになった。それは、まあ皆さん驚いたんでしょうが、事情を質しても何だかはっきりしない。Iさん本人に尋いてみても、その時は兎に角、腹が減っていたんだということで」

空腹ばかりを訴えるので取り敢えず食事を与えた。

Iさんはよく食べたそうである。

「額面通りに受け止めれば、Iさんは二十年間便所にしゃがんでいたことになる。まあ姿は見えなかったのですが、そうなるでしょう。でも、いくら何でもそんなおかしなことは信じられませんよ」

眼科医は再度苦笑した。

「まあ、何らかの事情があってこっそり家を出て、それでこっそり戻ったと、そう考えるのが常識的なんでしょうが——でも、どうにも解せないのは発見された時Iさんが着ていた服なんです」

食事を済ませた後、Iさんの着ていた服は皆の目の前で見る見るうちにぼろぼろになり、埃のように散り失せてしまったのだそうだ。

Iさんは座ったままで裸になってしまったのだという。

「それぱっかりはうまく説明出来ませんねえ」

そう言って、眼科医はもう一度苦笑した。

貳拾年を經て歸りし者の事（耳嚢巻之五）

江州八幡は彼國にては繁花なる町場の由。寛延・寶暦のころ、右町に松前屋市兵衛といへる有徳なるもの、妻を迎へて暫く過しがいづ地へ行けん其行方なし。家内上下大に歎き悲しみ、金銀を惜ず所々尋けれど曾て其行方知れざりし故、外に相續の者もなく、彼妻も元一族の内より呼むかへたる者なれば、外より入夫して跡を立、行衛なく失ひし日を命日として訪ひ弔ひしける。彼失ひし初めは、夜に入、「用場に至り候」迚下女を召連、厠の外に下女は燈火を持待居しに、いつ迄待共不出。妻は右下女に夫の心ありやと疑ひて彼かはやに至りしに、下女は戸の外に居しゆへ、「何故用場の長き事」と、表より尋訪ひしに一向答なければ、戸を明けみしにいづ地行けん行衛なし。かゝる事故其砌は右の下女など難儀せしと也。然るに貳拾年程過て、或日かはやにて人を呼び候聲聞へし故至りてみれば、右市兵衛行衛無なりし時の衣服等少しも違ひなく坐し居し故、人々大に驚きしかぐの事也と申ければ、しかと答へもなく、空服〔腹〕のよしにて食を好。早速食事など進けるに、暫くありて着し居候衣類もほこりの如く成て散失て裸に成りし故、早速衣類等を着せ薬など與へしかど、何か古しへの事覺へたる様子にも無之、病氣或ひは痛所などの呪などなしける由。豫が許へ來る眼科の、まのあたり八幡の者にて見及び候よし咄しけるが、妻も後夫もおかしき突合ならんと一笑なしぬ。

真っ黒

Nさんは将軍家奥向きの頭取である。

豪毅な性質で責任感もある、一本気な人であった。


ある時、将軍様が外山（今の東京都新宿区）にある尾州公のお屋敷をご見学されることになり、Nさんは先乗りで見聞に乗り込んだ。

尾州公のお屋敷は広大で、なおかつ眺望も良く、比類なき景勝地として知れ渡っていた。

行ってみると、そこは噂に違わぬ名勝だったそうである。

しかしNさんは、殊の外緊張もしていたらしい。物見遊山に来た訳ではない、仕事で来ているのである。どれだけ美しいと評判の場所でも、何処かに不浄の場所はあるものだし、警護の面からも念入りな下見は必要である。

上様御成の際に不手際が起きないよう、隅々までじっくり見聞し、厳しいチェックをしておかねばならない。

それがNさんの仕事なのである。

Nさんは屋敷番の役人の案内で、広い敷地内を生真面目に、隈なく廻った。

庭は東海道五十三次それぞれの様子を模した、凝った造りになっていた。

手入れの行き届いた庭に、Nさんも感心し、かつ安心した。

ところが。

片山里を模したと思われる処に社が一つ、ぽつんと祀られていた。

Nさんはそれが気になった。

近寄ってみると相当に古びた社である。ただ年代が経過しているというだけでなく、どことなく雰囲気が奇妙だった。よく見ると、扉に大きな錠前がつけられている。その錠前がいかにも大袈裟だったので、Nさんは案内の役人に尋ねた。

「この社は何でこんな頑丈に封印してあるのですか？」

役人は気軽に笑って、

「いや、その昔、邪神を封じ込めたとか何だとか、そうした尤もらしい言い伝えは残っているようですが、まあ、そんなことはないでしょう。ただ、開ける必要もないので誰も開けたことはないです」

と答えた。

要するによく知らないし、誰も気にかけていないということなのだろう。

慥かに、錠が掛かっていようといまいと、社の扉を開けてみようなどという不敬な者もそうおるまいし、況てそんな良くない言い伝えが残っていれば触れる者も少ないのだろう。

役人が笑っているので、Nさんは仕方がなく、では開けてみましょう、と言った。

途端に役人は笑うのを止めて、お止しくださいとNさんを制した。

「何故止めるのです？　止める理由はないでしょう。あなたも、たった今そんなことはないと仰ったじゃないですか。ならば一度見てみればいいのではありませんか」

「それはそうですが、お社を意味なく開けるというのは――」

役人はやはりお止しくださいと言った。

Nさんは益々不審に感じて、立ち塞がる役人を押し退けた。

「意味なく開けるのではありません。私が此処を改めようとするのは、勿論、上様をお迎えするに当たって一切の不手際があってはならないからです。尾張様を疑うつもりはまったくありませんが、例えばこの封錠が上様のお目に留まって、上様が中のことをお知りになりたいと仰せになられたなら、その時私はきちんとお答えしなければならないのです。知りませんとは申し上げられない。それが見聞役としてのお勤めなんですから」

鍵を貸してくださいとNさんは役人に詰めよった。

「あまり拒むと、要らぬ詮索をしなければいけなくなります」

Nさんの迫力に圧されたのか、要らぬ疑いをかけられては敵わないと思ったのか、役人は素直に錠前の鍵を差し出した。

別に開けても何もないだろうと、その役人も高を括っていたのだろう。Nさんもそんな印象を持ったのだそうだ。

憒かに、そうでなくては鍵は渡さないだろう。

Nさんは錆びた錠前に鍵を差し込み、ゆっくりと廻した。

意外に簡単に錠前ははずれた。

Nさんは扉を開け、中を覗き込んだ。

そして――。

すぐに扉を閉め、再び錠前を掛けて、Nさんは鍵を役人に向け突き出した。

役人は、それは怪訝そうにNさんの顔を覗き込んだのだそうだ。

それまで毅然とした態度をとっていたNさんが、突如眼を見開き口を開けて狼狽したのだから、不審に思われても当然だろう――Nさん本人もそう思ったのだそうである。

Nさんは中の様子を手短に話し、

「二度と開けるな」

と言って鍵を返した。

その時――。

Nさんは役人にこう説明したのだそうである。

開けた途端に中から怪しいものが頭を突き出し、その眼が爛々と光っていたので、恐ろしくて恐ろしくてたまらなくなったのだ——と。

役人は、それを聞いて大層感心した。

そして、

「いや、流石です。お役目柄、どんなものであろうとも中を改めない訳にはいかぬのでしょうし、お役目はどんな場合でも遂行せねばならぬと、先ずNさんはお手本をお示しくださったのでしょう。その上で、先人が封じたとされるようなものを妄りに開けたりしてはならぬのだと、身を以て示してくださったのでしょうな」

そう——語り伝えたという。

役人はNさんの人柄や評判を聞き知っていたから、Nさんがわざとそんな芝居をしたと考えたのだろう。

如何にもありそうなことである。

ただ、Nさんは、

「とにかく真っ黒だったのだよ」

と言ったきり、そのことについては二度と語らなかったそうである。

外山屋舗怪談の事（耳囊巻之十）

尾州公外山御屋敷は名だゝる廣大之事にて、五十三次の氣色其外山水の眺望類ひなしとかや。いつの頃にか有りし御成有之に付、前々奥向より右御場所見分有りける故、彼御家の役人も案内なしけるが、片山里とおぼしき所に一社ありて、錠を懸て、如何にも社も古く事ふりし所なるに、其頃頭取勤たる夏目某、丈夫なる生質成りしが、「此社は何故錠封ありしや」と尋ければ、役人答て、「是は昔より申傳邪神を封じ込しとて、此錠を明け候事は終に無き」よし笑ひて答へければ、「かゝる事あるべき様なし。御成に付我等見分に罷越し候上は、若封錠之儀御尋有まじきにもあらず、一覧いたし度」とありしを、達て止めけれ共、「改めんとあるも謂なきにもあらず。鎰を給はれ」と請取之、彼錠を明けて扉を抜きしが、大きに驚きたる體にて早〳〵扉を〆て、元の如く錠を懸しとや。跡にて聞しに、「何か眞黒成者、頭をぐつとさし出せしが、眼の光りあたりを照らし、恐ろしさいふ斗なし」と、彼頭取の語られけるとや。

按ずるに怪には有べからず。猥に口説にかけては悪しき品を、先代封じて社に崇め給ふならんを、夏目心得て暫く語りつらん。

どすん

Cさんは旅芝居の役者をしている。

ある時、友人で座元をしているDさんの一座に加わり、行徳（今の千葉県行徳）で興行を打った。

これが当たった。

連日の大入りで懐が潤い、座員一同大いに喜んだ。

特に座元のDさんは気が大きくなったのか、小屋を畳んでからCさんや親しい役者仲間二人を誘い、小網町（今の東京都中央区日本橋あたり）の行徳河岸まで海路を行くことを提案した。

四人で船を仕立て、肴をたんと用意して、酒でも飲みながら景色を眺め、大名気分でのんびり江戸まで帰ろうという趣向である。

この度は随分と儲かったので、Cさんもその話に乗った。

普段なら倹約するところだが、

「今度の旅は何ごとも良い感じだなあ」

という、Dさんの調子のいい言葉に気を良くしてしまったのである。

船上で酒を酌み交わしながら楽しんでいると、そのうち誰かがDさんの姿が見えないことに気づいた。

狭い船の上で行方が知れなくなるなどということは考えられない。乗船してから杯を交わしたのだから、Dさんは必ず乗っている。

隠れるような場所もないし、慥かに乗った筈なのだから、船上にいないというなら海中に落ちたに違いない。

それ以外には考えられなかった。

Cさんは青くなり、海上に身を乗り出して見渡してみたりもしたのだが、何が見える訳でもなかった。

海原が続いているだけである。

陸上で消えたというなら兎も角、海上のことであるから、もし本当に船から落ちていたとするならば、万が一にも生きていることはあるまい。泳いで陸まで辿り着くことなど、常人には出来ない相談である。

三人は万策尽きてしまい、一旦行徳の港へと戻った。

陸に上がると即座に潜水夫などを雇い入れて捜索隊を組み、網を掛けて貰ったりしてDさんを捜索したのだが、死骸は勿論、衣服さえも一向に見つからない。

兎にも角にもDさんの家族に報せようということになり、Cさんたちは借りた船をそのままにして、急いで便船に飛び乗り、江戸にたち帰った。

昼過ぎには江戸に着いた。

Cさん達は真っ直ぐDさんの家のある伝馬町の裏店へ向かった。

ところが。

家を目の前にして、Cさんは足が竦んだ。何故かとても厭な感じがしたのだそうだ。

そこで先に入るよう連れの一人を促した。するとその男も冷や汗をかいていて動けない。もう一人に先に行けと言うと、もう一人も嫌がる。

何だか解らないが、三人ともとても怖かったのだという。

そこで、一度引き上げ、酒でも飲んでから出直そうということになった。早く報せるに越したことはないが、どうせ良い報せではないのだし、迷惑なことに変わりはないと開き直った訳である。

Cさん達は近所の店で一杯引っ掛け、再度Dさんの家に向かった。

やはり足が竦んだのだが、Cさんは三人の中で一番年上だったので、已むを得ず先頭になって進み、戸を叩いた。

Dさんの奥さんは洗濯をしていた。

奥さんは旅装束のCさん達を見て、

「あら、随分と遅いお帰りですねえ。うちの人は今朝早くに戻ってますよ」

と言った。

Cさん達は吃驚して、無事に帰っているのですか、と問い返した。帰っているなら是非とも会いたい。船の上からどうやって消えたのか、是非とも知りたい。真逆、泳いで帰った訳でもあるまい。

事情を知らない奥さんは迷惑そうに、お酒を飲んで食事もすっかり済ませて二階で寝ていますよ、と言った。

「そんなにお会いになりたいのでしたら、どうぞご自由に」

Dさんの奥さんはDさんを起こして取り次ぐのが余程厭なのか、Cさん達に勝手に二階に上がってくれと言った。

Cさん達三人が予てからのDさんの遊び仲間であることを奥さんはよく知っている。奥さんは、どうせ悪い遊びの誘いか何かと勘違いしているのだろう――Cさんはそう思った。

しかし、事実Dさんが帰っているのなら、ここで事情を説明するのも変な気がした。それ以前に奥さんは聞く耳持たぬといった感じだったのだそうだ。

しかし勝手に上がるのは厭だったから、Cさんは火を焚こうとしている奥さんに、Dさんを起こしてきて欲しいと頼み込んだ。奥さんは不承不承、二階に上がった。

上がるや否や。

わッという大声が聞こえ、ばたんと人が倒れるような音がした。

その音を聞きつけて近所の人が何人か家から出て来た。

已むを得ずCさん達は皆に事情を説明し、大家さんも呼んで貰って、諒解を取ってから全員で二階へ上がった。

奥さんは気絶していた。

二階には床が延べてあり、調度なども散らかっていて、実際に今の今まで誰かが寝ていたような様子であった。奥さんの言った通りDさんは一度戻っているのだなと、Cさんは思ったそうだ。

しかし当のDさんはどこにもいない。

ともあれ奥さんを介抱しようということになった。

顔に水をかけたり、頰を叩いたりしていると、やがて奥さんの意識は戻った。

ただ、気づきはしたものの、いったい何があったのか、何を尋いてもまるで要領を得ない。

奥さんは、あわあわと震えるばかりである。

「ところでDさんは本当に帰っているのですか？」

Cさんがそう問うと、奥さんは、慥かに帰った、帰ったけれど、とそこまで言って口籠った。

「帰ったけれどどうしたんです？　様子が変だったのですか？」

重ねて問うと、

「様子はいつもとまったく変わりがなかったんです」

と、奥さんは答えた。

「ただ、自分が死んだらば、それ相応の葬式を出してくれればそれでいい、その後は再婚でもしなさいなどと、縁起でもないことを言うんです。冗談だと聞き流していたのですが――」

あの人は死んだのでしょうか、と言って奥さんは震えた。

海上で行方不明になったことは奥さんには伝えていない。つまり、今し方叫び声を上げた時に奥さんはDさんが死んだことを知ったのだろう。

そうとしか思えない。

ならばいったい二階で何があったのか。

Cさんはどうしても知りたくなったのだそうだ。そこで更に問うた。

奥さんは二階でのことは言わなかったが、思いついたように、そういえば――と、ぼそりと言った。

「あの人、二階に上がって寝る前に不思議なことを言っていました。でも」

そこまで言って、奥さんは言葉を止めた。

「でも、どうしたのです？」

　Ｃさんは尋いた。

　奥さんは困惑し、それはと言ったまま考え込んでしまった。

「どうしました」

「いいえ、こればかりはちょっと――」

　奥さんが更に口籠るので、Ｃさんは尚（なお）も問い質（ただ）した。

　気になって仕様がなかったのだ。

「夫婦の間のことは他人には話しにくいかもしれませんが、生き死にのことですし、差し支えなければ是非聞かせてください」

「いいえ、夫婦の間の話でも、恥ずかしい話でもありません。でも、固く口止めをされましたので――」

　そこを何とか、とＣさんは喰（く）い下がった。

　それでは――と、奥さんが二言三言語り出したその時。

　天井のほうで。

　どすん、と大きな音がした。

　大きな岩を落としたような轟音（ごうおん）だった。

　奥さんはワッと叫んで再び気を失い、その場にいた者全員が怖（お）じ気（け）づいてしまった。

　何故か、とても怖かったのだ。

　近所の人たちはあっという間に散り散りに帰ってしまった。

「結局、そのどすんという音で、奥さんが何を言ったのかは、まったく判りませんでした」

いったい何がどうしたのでしょうねと、Cさんは首を捻（ひね）った。

戯場者爲怪死事（耳嚢巻之四）

寛政八辰年春より夏へ移りし事成りしが、傳馬町に住居せる旅芝居等の坐元などして國々を歩行けるもの、行徳にて芝居興行なし、殊之外當り繁昌して餘程金設けせしとて同志の者も歡びて、芝居も濟て四人連にて海上を船にて行徳河岸を心掛け渡海なしけるが、彼座元の者、「此度は仕合も能」とて酒肴など調へ、四人にて醉を催しけるに、如何なしけん、右坐元海中へ落しや、纔の船中にて行衞なくなりし故、殘る三人の者船頭共に大に驚き、又々行徳へ乘戻し海士を掛け網を入てくまなく捜しけれども死骸も見えず。詮方なければ同船の内を跡に殘して尋捜し、三人之者は、「彼坐元が家内へも知らせん」と、江戸表へ便船にて立歸り、其日の晝過に先づ彼の坐元の住居せる傳馬町の裏店へ入らんとせしが、三人共頻りに物凄く恐しきに互ひに讓り合て、「先誰入候へ」とて爭ひしが、「所詮能き事を告るにも非らざれば迷惑も有内也。さらば酒呑て行ん」とて、程近き酒店に立寄一盃を傾て又〱立向ひしが、同く三人共尻込なしけるを、中に年嵩なるおのこ先に立て入りし故、跡に付て残るものも立入りしが、彼坐元の女房は門口に洗濯をなして居たりしが三人を見て、「何故遅く帰り給ふや。内には今朝戻られたり」といふに驚きて、「無滞帰り給ふや。懸御目度候間案内なし給へ」といゝしに、「先刻帰りて酒食をなし二階に臥し居候間、直に二階へ上り給へ」といゝし故、彌々不審にて、「先え行て起し給へ」といへど、兼て芝居ものゝ仲間突合、案内にも不及事故女房一圓承知せず、火抔焚付居けるを無理に勧めて二階へ女房を遣しけるに、「わつ」といふて倒れ臥しける様子故、近所の者もおどろきて駈附、右三人もあきれてしか〲の事を語り、家主を呼びて一同二階へ上りしに、いづれ帰りて臥り居しと見へて調度など取散らし、其脇に女房は絶死して有ける故、水など顔へかけて漸〱正氣附し故、「いか成事」と尋ければ、「今朝帰りて後何も常と變る事も無かりしが、今更不思議と存るは、人間は老少不定といへど〔ば〕先だつ者と〔も〕有る習らひ、我等も死しなば相應に跡弔ひて何方へも再縁すべしといゝしが、戯れ事とおもひしが、其外にも不思議の咄しせしが、是は外へは洩らし難き」よし言ける故、「夫婦の間の事には咄し難き事も有るべけれど、苦からぬ事ならば語り給へ」と切に問しに、「夫婦合ひの事にてもなし。語るに面てぶせなる事ならねば〔ど〕、此事はかたく外へ洩す間敷よし口留せし故」迚咄ざりしを、取込て無理に尋ければ、「然らば」迚二言三言語り出しける頃、二階の上にて大石を落せしごとき音のしければ、女房は「わつ」といふて倒れ、何れも恐敷て聞果ず、己が家〳〵え帰りし由。彼三人の者之内宇田川何某の出入せし故、彼の咄しをなしけるが、「彼坐元の妻が二言三言申出せしは如何なる事」と切に責問ひければ、「無據咄し出さんとせしに、次の間にて磐石を落しける如き音なしける故、おどろき止し」と、人の語りける也。

妻でも狐でも

同じ話を別々の人から聞いた。

※

まず、Yさんから聞いた話。

神田佐久間町（かんださくまちょう）に住むMさんの身に起こった話であるという。

Mさんは数年前に妻を亡くし、娘さんと二人で暮らしていた。

特にぐうたらだとか、行いが悪いとかいうことはなかったが、Mさんは兎（と）に角（かく）酒が好きな人だったのだそうだ。酒乱ではないものの、一日とてアルコールを欠かすことが出来ず、朝晩必ず飲む。そういう習慣になっていたようである。

また都合の良いことに、Mさんの家の隣家は酒屋を営んでいたのだそうである。

ある日。

Mさんは娘さんに、いつものように晩酌をするから、酒を五合ばかり用意しなさいと言った。娘さんも心得たもので、二つ返事でちろりを持って隣に出向き、酒をぴったり五合汲んでもらった。

そのまま戻ってお燗をし、良い具合に温めてMさんに差し出した。

Mさんは満面に笑みを浮かべて酒を茶碗に注いだ。いや、注ごうとした。

ところが。

ちろりの中には一滴の酒もない。

「おい、これはいったいどういうことだ！」

Mさんは娘さんが自分を揶っていると思ったのだろう。

大声で娘さんを呼んで叱った。

しかし叱られた娘さんは、謝るより前に色をなくして驚いている。どうも様子が変なので、Mさんは隣の酒屋が悪戯でもしたのではないかと思い直した。

しかし娘さんは、

「酒屋さんがお酒を注ぐところは確乎り見ていましたから、そんな悪戯は出来ません」

と言う。

しかし、ないものはない。

娘さんは首を傾げながら再度隣家に赴き、今度は倍の一升をちろりに注いで貰うと急いで戻った。中身を確認し、Mさんにも見せて、Mさんの目の前で燗をした。

ところが。

茶碗に注ごうとすると、また一滴もない。

酒好きのMさんは無性に肚を立てたらしいが、娘さんが酒を温めているところを始終見届けていた手前、誰に文句を言うことも出来ず、その晩は酒を諦めて不機嫌なまま寝た。

翌朝、目覚めの朝酒を飲もうとMさん自ら台所に立った。

すると——今度は徳利やちろりまで消えていた。何処を探しても見当たらない。

だが、泥棒が入ったとも思えなかった。そもそもそんなものだけ盗んで行く泥棒はいないだろう。

Mさんが茫然と立ち竦んでいると、娘さんがああ、と声を上げた。

「そういえば——この間、夢に亡くなったお母さんが出て来て、お父さんのお酒を止めさせるよう私に言ったんです」

娘さんはそう言った。

「大酒を飲むのは体に悪いし、家計も圧迫するし、良いことは何もない、お前がよくよく注意して、止めさせるようにしなさいと、夢の中のお母さんはそう言っていました」

あ、とMさんは思った。

そして娘さんに、それはいつのことだと尋いた。

「さあ——そうそう、いつだったか、お父さんにお酒を控えるように進言したことがありましたでしょう。あの時ですよ。まあ、夢のこととは思いましたが、尤もな話でもありますからね。でもお父さんは聞き入れてはくれませんでしたし、お父さんのお酒好きは承知しておりましたから、強くは言いませんでしたが」

「いや、待て」

Mさんはそこで思い出したのだそうである。

自分もその夢は見ているのだ。

「まあ、わしも高が夢、埒もないことと思ったから、気にもしないで捨て置いていたのだが——」

娘さんは、この不思議も亡き母の思し召しではないのかしらと言ったそうだ。

Mさんは、そんなことはあり得ない話だと思ったのだが、亡くなった奥さんの顔が脳裏に浮かんだので、暫く酒を控えてみることにした。

幾日か禁酒を続けていると、徳利もちろりも出て来た。

いや、出て来たというより元々置いてあった場所にそのままあったのだそうである。

Mさんは、これは娘の狂言ではないのかと疑ってもみたのだが、そうだとしても過ぎた酒が健康に良くないことも事実であるから、何も言わずに禁酒を続けることにしたのだそうである。

だが、元より強い意志の下に始めたものではなかったから、その誓いはすぐに破られてしまった。Mさんは近所の寄り合いに出席し、勧められるままに酒を飲んでしまったのだそうだ。

翌朝、酒器の類はまたもや煙のように消えてしまった。

のみならず、今度は娘さんの様子もおかしくなってしまったのだそうである。

娘さんは物狂いのようになって、こう言った。

「俺は、お前の女房の死霊に頼まれた狐だ。お前の死んだ女房が、お前の酒好きを憂えて、是が非でも止めさせてくれと俺に頼むので、先日、幻妙の技を以て意見をしたのだが、お前は禁を破ってまた酒を飲んだ。だから俺はこの娘に取り憑き、お前に付き添うて見張ることにしたのだ」

Mさんは大いに恐れ、かつ畏まって、この後は断固禁酒をする、生涯酒は飲まないと誓った。

娘さんはすぐに元通りになったという。

Yさんは話し終えた後に、これはたぶん父親に酒を止めさせようという魂胆の娘さんの芝居だったんでしょう——と断じた。

そう言われれば、慥かにそう思えなくもない。酒や酒器を隠したり、おかしな素振りをしてみせて脅かすことは可能なことである。

しかし、それでも説明がつかないことはある。

亡くなった奥さんの夢は、Mさんも見ているのである。すべてが娘さんの計略だとしても、父親に都合の良い夢を見させることは出来ないだろう。

でも同じ夢を双方が見ているのでしょうと言うと、Yさんは笑って、

「ですから狐というところが狂言なんですな。先妻の夢報せは、真実かもしれないですよ。娘さんに憑いた狐は亡くなった奥さんに頼まれた――と言っている訳でしょう。実際に頼まれたのは狐ではなく、娘さんだった、ということですよ。親父を懲らしめるため、娘さんは狐憑きのフリをしたのでしょうよ」

と言った。

※

後日、私（根岸）の組内の者が、同じ話を聞いて来てくれた。

ただ、その者の聞いたところに依れば、Mさんは神田ではなく、浅草の元鳥越に住んでいる人だそうである。

Mさんの年齢は五十三歳で、Hという長屋に住んでいるのだという。家族構成も違っていて、四十歳になる奥さんのSさんと、二十五歳の息子のIさん、そのIさんに嫁いだ十八歳の新妻Gさんと四人で暮らしているのだそうだ。Yさんの話よりも細かく、さらに具体的である。

Mさんの今の奥さんであるSさんは後妻で、先妻のWさんは十六年前に亡くなっている。

正月過ぎに、突然嫁のGさんが乱心した。

あらぬことを口走り、暴れる。

Mさんにも乱暴な口を利く。

初めはただの乱心と思っていたようだが、Gさんの口走る話をあれこれ聞くうちに、Mさんはハッとしたのだそうである。

どうも、亡くなったWさんの口調に似ているように思えたのだそうだ。

亡くなる前、WさんはMさんの酒好きを心配してか、随分と厳しく意見をしていたのだそうである。

だが——十六年前に亡くなったWさんのことを、十八歳のGさんが知っている筈もない。偶然遭っているようなことがあったとしても、覚えている訳がない。ほんの赤ん坊である。

家族の中でWさんのことを知っているのは、Mさんの他は息子のIさんだけだし、そのIさんにしてみても、Wさんが亡くなった時はまだ九つなのである。

嫁に来たばかりのGさんが、Wさんの真似をしようと思っても、出来る訳がないではないか。

しかし、聞けば聞く程、似ているように思えてくる。

そのうち、Mさんの耳には、Gさんの発する譫言(うわごと)がWさんが話しているとしか思えなくなってしまった。さては取り憑いたか——とMさんは思ったのだそうだ。

そこでMさんは、お前はWではないのか、と単刀直入に尋ねた。

するとGさんは、

「そうではない。死霊はこのようなことは出来ぬ。人は死んでしまっては何も出来ぬから、わしのような神通力を持った狐を頼って生者に意見をするのだ」

と、答えたそうである。

しかし。

「まあ何か意見はしたのでしょうが、どんな意見をしたのかということは、実はよく判(わか)らないのです——」

と、話を聞いて来た者は語った。

「お嫁さんに憑いた狐は、Wさんに口調が似ていたというだけで、別に酒を止めろとばかり言っていた訳でもないようですしね。禁酒して狐が落ちたというような話も聞きません。そもそもお嫁さんの吐き散らす言葉を聞いてWさんだと思ったのはMさんだけですし、どうもその辺は怪しい。ですから、まあ狐が憑いたというのは本当のようなんですが、先妻云々(うんぬん)というのはMさんの独り合点ではないかと思いますね」

お調子者の狐が話を合わせたのかもしれないですがねと言って、報告者は笑った。

でも。

そうだとすると――先の話とはまるで逆ということになる。

Yさんは、先妻の亡魂による夢報せはあるかもしれないが、娘の狐憑きは狂言だろうと分析した。

一方、後の話を聞いてきた部下は、狐憑きはあるだろうが、先妻の亡魂云々の話は怪しいと言う。

場所は少々喰い違っているものの、同じ話ではあるのだろう。神田と元鳥越はそう離れていないし、そんな近くに妻を亡くした酒好きのMさんがそう何人も住んでいる訳はない。死んだ先妻が狐の力を頼って娘に取り憑くというくだりもまったく同様の展開である。

それなのに――。

「いや、亡妻が現世の亭主の健康を案ずるというのは、まああありそうな話なんでしょうが」

先妻であったにしろ狐であったにしろ、いずれ随分と親切なことですよと言って、報告者は一笑した。

靈氣狐を頼み過酒を止めし事（耳囊巻之十）

神田佐久間町に一つ淺草元鳥越丁萬吉といふよし云へるもの、酒を好みて朝夕是を用ひけるに、或時娘を呼て、「酒五合斗調へ呑せよ」と申ける故、娘心得てちろりをさげて、隣れる酒屋に五合の酒をつがせ、あたゝめて彼親仁に與へければ、悦て茶椀にうつせしに一滴もなし。「是は如何なる事にや」と、娘を呼て叱りければ、娘も大におどろき、「随分見候て爲繼候酒、かゝるいわれなし」と、またちろりを持て、此度は壹升の約にて調へ歸り直にあたゝめ出しけるを、親仁茶椀にうつせしにまた一滴も無ければ、大に不機嫌にて有しが、娘が燗するを見留ければ不審なしけるに、彼娘驚きて、「此程夢に母人顯れて、兎角御身の大酒、其身の爲にも家の爲にも悪しき間、よく〳〵異見なして酒を留め候やう申されける故、一通りは申候へども御用ひもなき事故、強ても申さゞりしが、かゝる事にも有ける哉」と言ひし故、親仁も、

「我もかゝる夢見しが、埒なき事と捨置しが然ば止め可申」と、其後暫く止めければ、近頃紛失せし酒徳利・ちろり様のものも出候処、近所寄合にて又候禁酒を破り酒呑ければ、又々酒の道具紛失いたし、娘儀亂心同様にて口ばしりて、「先妻の死靈、過酒を愁ひて狐を頼み異見をなしけるを、其誓ひを破りし故、亦〳〵來りて御身に附添ふ」と言ひし故、親仁も大におそれ、「其後は嚴敷酒を斷可申」と誓ひければ、娘の狂病も頓に愈けるとや。

　但此咄し山崎何某語りけるが、豫が組の内、市中の風説爲承候者よりも、同様の事書出しぬ。右は淺草元鳥越町平三郎店五拾三才に相成候萬吉、當妻すぎは四拾才、倅市太郎廿五才、娵ぎんは十八才にて、先妻ゐいは拾六年已然相果、常〳〵萬吉が大酒を愁ひ度〳〵異見なしけるよし。ぎん儀當正月下旬より亂心いたし、色〳〵口走り候内、ゐい儀死靈にては難立、依て狐を頼み、通力を以異見いたし候由。奇怪の事ながら專ら風聞有りし故、書出し候。先妻の深切は左もあるべき事、頼れ候狐も深せつなるものと一笑なしぬ。

遺言にする程

　番町に住む武士のAさんは、いくら鼠の害が出ても、決して猫だけは飼わない。

　何故飼わぬのかその理由を問うと、家では飼わぬ決まりだという。決まりというのは解らないと更に問い詰めると、あまり言いたくないと言う。世間に広く知らしめるには憚る理由があるのだそうである。愈々知りたいと言うと、そんなに尋くなら話そうかと言って、Aさんは渋々語り始めた。

「実を言えば、祖父の代には猫を飼っていたのですよ。可愛がってかなり長く飼っていた——」

　ある冬の日。

　Aさんのお祖父さんに当たる人物が、猫とともに縁側でのんびりと陽を浴びていた。

　すると。

二三羽の寒雀が飛んできて、縁側の端にちょん、と留まった。

猫は目敏くそれを認め、尻を振って狙いを定めると、その雀目掛けてさっと飛び掛かった。しかし雀は素早く飛び去ってしまった。

その時。

どうした具合か、猫の鳴き声が、

「残念――」

と、いうふうに聞こえたのだそうだ。

猫の声であるから丁度こどもが喋るような感じだったらしい。

しかも、とても悔しそうだったという。

「偶偶そう聞こえたんだろう――と、普通は思いますよね。臆病な人なら腰を抜かしてその場から逃げ出したりもするのかもしれないですが――大抵は、我が耳を疑うでしょう。まあ空耳だと思って聞き流すのが普通ですよ。でも、祖父は聞き流さなかったんです。いや、当然祖父も聞き間違いだと思った筈ですよ。ただ、祖父は割と豪胆な人だったようだし、驚かされた仕返しに、茶目っ気を出したんだと私は思いますが――」

Aさんの祖父は猫を素早く取り押さえたのだという。

そして火鉢から火箸を抜いて振り翳し、

「おのれ、畜生の分際で言葉を喋るとは奇怪なこと、よもや魔物ではあるまいなッ!」

と――。今にも猫を殺そうかというような剣幕で脅してみせたのだそうだ。

「いや、祖父が本気で怒ったとは到底思えない訳ですよ。偶然そう聞こえただけなんですからね。そうでなきゃ幻聴か何かですよ。それでも、余りにも言葉らしく聞こえたものので、きっと祖父は面白く感じたんでしょうね。それで怒るふりをして飼い猫を揶揄っただけ――だったのではないでしょうか。ところがね」

仮令演技だったとしても、小動物から見た祖父の振る舞いは相当に怖いものだったようです――とAさんは言った。

「何せ祖父は火箸まで持っていますしね。猫にしてみれば、こいつは本気で殺されるかもしらん――と、たぶんそう思ったのでしょうね。突然首根っこを押さえられたので慌てた、というのもあるのでしょうが、猫は生命の危機を感じたのでしょう」

いきなり捕まえられ、火箸を突き付けられた猫は毛を逆立てて怯えた。

そして恨みがましくAさんの祖父を見上げると、

「今まで物を言ったことなんかなかったのに」

と、言い訳をした。

今度ははっきりと喋ったのだそうだ。

「祖父は、二度目は本当に驚いて――まあ、そうなれば誰だって驚くでしょう。一瞬だけ我を忘れた。そこで油断したんでしょうかね、猫を押さえている手の力が緩んだんですね。その隙を狙って猫は祖父の手をすり抜け、宙高く跳び上がって、そのまま塀を越え、逃げてしまったのだそうです」

猫はそれきり家に戻らなかった。

行方も知れなかったそうだ。

それ以来、我が家は猫を飼わない決まりなのですとAさんは言った。

「まあ、決まりというか、これは謂わば祖父の遺言なんですよ。猫を飼わないことを固い戒めとし、子子孫孫に申し送ること――という遺言ですよ。まあ代代猫は飼わない決まりというのは、そういうことなんです」

Aさんは苦笑した。

「いまの話を信じるか信じないかは兎も角として、そんな遺言をする程ですからね、祖父は」

余程怖かったのでしょうと、Aさんは結んだ。

猫の怪異の事（耳嚢巻之六）

或る武家にて、番町邊のよし、彼家にては猫を飼ふ事なし。鼠の荒ぬるを家士共愁ひけるが、或人其主人え其譯尋しに、右者は聊譯あれど、廣く語らんは淺々しければ語らざれ、切の尋故申也。祖父の代なりしか、久敷飼し猫あり。或時椽頬の端に雀貳、三羽居たりしを、彼猫ねらひて飛掛りしに、雀早くも飛去しかば、彼猫小兒の言葉の如く、「殘念也」と言ひしに、主人驚ひて飛かゝり押て、火箸を以、「おのれ畜類の身として物言ふ事怪敷」とて、既に殺さんと怒りしに、彼猫また聲を出し、「物言ひし事なきものを」と言ひし故、主人驚きて手ゆるみけるを見すまして、飛上って行方知らず成りし故、其已後猫は飼間敷と申置て、今以堅く誡しめ飼ざるよしなり。

見てました

Hさんは小日向（こひなた）に住む旗本である。

Hさんには心配ごとが二つあった。

一つ目の心配は、お母さんのことだった。

Hさんのお母さんは、この頃少しばかり高齢者性認知症の兆候が現れ始めたのだそうで、あれこれ目が離せないのである。物忘れは激しいし、ありもしない妄想を恰（あたか）も実際に起きたことのように思い込んで話したりする。徘徊（はいかい）もする。

もう一つの心配は、次男のことだった。

Hさんの次男は、ある日突然ふっと姿を消し、そのまま行方不明になってしまったのだそうである。書き置きも何もなかったし、家出というより煙のように消えてしまったという感じだったそうである。

何日経とうと連絡もなく、八方手を尽くして捜したが行方は杳として知れなかった。足取りを辿ろうにも手掛かりはまったくなく、情報も寄せられることはなかった。当てもなく無闇に捜し廻っていても埒が明かないということで、やがて捜索は打ち切られてしまった。

Hさんも——諦めたつもりこそなかったのだが——今はもう捜すことを止めているらしい。

次男坊の失踪に一番心を痛めたのは、幼い頃から可愛がっていた祖母——Hさんのお母さんだった。

もしかしたら孫の失踪が耄けを誘発したのではないかと、Hさんはそう考えていたのだそうだ。

いずれにしてもHさんには気の重いことであった。

そんなある日。

お母さんが孫に遭ったと言い出した。

本郷のKという歯磨き売りの店の前で、ばったり遭ったのよ——と、老母は嬉しそうに言った。

やけに具体的である。

どうやらふらりと家を抜け出し、徘徊している途中で偶然出会った——ということらしかった。

耄け始めているとはいうものの、聞き捨てならない話ではある。

Hさんも、内心では次男の消息をたいそう気に懸けていた訳だから、詳しく尋いてみたのだそうだ。

それは驚いたわよ、とお母さんは言った。

お母さんは怒ったり嘆いたりしつつも、いったいどこへ行っていたのかを孫に問い質したのだという。

すると次男は、

「ご心配をお掛けしたことに就いては申し訳ないと思っています。ただ、いま私は何不自由なく暮らしておりますので、どうかこれ以上私のことを気に懸けるのはお止めください」

そう言ったという。

Hさんは——そこまで聞いた時点で既に訝しく思い始めていた。

どうも話が不自然である。

そんな近所にいたのなら見つからぬ訳はない。

もし見つからぬように身を潜めていたというのであれば、祖母の姿を見掛けた段階で隠れたり逃げたりするのではないか。

堂々と往来を歩き、肉親とばったり顔を合わせても慌てもせず、平然と会話するというのは、やはりおかしいだろう。

Ｈさんはお母さんの様子を慮（おもんぱか）りながら、あれこれ考えを巡らせた揚げ句、そんな近くにいるのならなぜあいつは家に顔を出さないのですか——と、やんわりとお母さんに尋ねた。

お母さんは、そう思ったから私もそのまま家に連れ帰ろうと思ったのよと答えた。

しかし次男は家に戻ることを拒んだのだという。

お母さんに依（よ）れば、その時次男はこう言ったという。

「私も家に帰り、父上や母上、そして家族のお目に掛かりたいと思わない訳ではありませんが、それは私にとっても、みなさんにとっても良くないことだと思われます。そう思ったからこそ、今日まで帰らずに過ごしてきたのですから、どうか私のことはお忘れください。ここでお別れいたしましょう」

そんな妙な話があるものかとＨさんは思った。

お母さんの話からは、息子の情報は何ひとつ汲（く）めないのである。息子が失踪した事情も、家に戻りたくない理由も、何もわからない。

これでは到底納得できない。

やはり孫を慕う老母の妄想なのだろう——と、Ｈさんは心の中で確信した。

そんなＨさんの不審げな視線に気づいたらしく、お母さんは私だってすぐに納得した訳ではないわよと、弁解めいた口調で続けた。

お母さんは去ろうとする孫の袖（そで）を摑（つか）んで引き止めたのだそうだ。

そして、やはり帰ろう、一緒に戻ろうと強く言ったのだそうである。すると次男は、

「そこまで私のことをお思いくださるのなら――そうだ、後日浅草の念仏堂までおいでください。そこでもう一度だけお会いしましょう」

と答えたという。

そして次男は面会の日にちまでも指定したのだとお母さんは言う。

だから本当なのだと、老いた母は主張したのだそうである。

とても信じられる話ではありませんとHさんは言った。

不自然な上に、都合が良すぎる話なのである。

お母さんの話を頭から信じるなら――。

息子さんは今も元気に生きていて、しかも監禁されている訳でも、遠方にいる訳でもない――ということになる。自由に面会が叶うような状況下にあるのなら、当然家に戻ることも何処かに去ることも可能な筈である。一度も戻りもせず近くにいるというのは変だ。息子が現在どのような心持ちでいるのかは判らないが、そういう境遇なら一度家に戻って子細を話すのが筋でしょうよ、とHさんは言った。

尤もな話である。

例えば、Hさんには合わせる顔がないから、祖母にだけこっそり会おう――という話ならまだ解る。

しかし、そうなら母と会うことは隠す筈でしょうとHさんは続けた。

慥(たし)かに普通なら口止めをする。

肉親の情にほだされて已(や)むなく再会の約束を交わしてしまったのだとすれば——絶対に黙っていてくれと頼む筈である。その場合は密会でなくては意味がないのだ。

いや、ばったり遭ったこと自体を秘密にしてくれと頼むのが普通であろう。

お母さんの口から面会の話を聞き知ったHさんが、その場に乗り込んで無理矢理に連れ帰ることだって簡単に出来てしまうのだ。

そうしたことに気づかない程私の息子は愚か者ではありませんとHさんは言った。

慥かに、どうしてもHさんに会いたくないというのなら、確実に口止めをする筈なのだ。秘密にしないのであれば、日を改めて浅草なんかでこそこそ会う意味はまったくないのである。

しかしお母さんの口振りから口止めされたような様子は一切感じられなかったのだそうだ。老いた母は、ただ孫の無事を喜び、後日の再会を心待ちにしていただけ——だったのである。

だから。

すべてはお母さんの頭の中の出来ごとなのだろうと、Hさんも、家族も、皆そう思ったのだそうだ。

ただ、仮令(たとえ)妄想であろうとも、孫の安否を気づかう優しい祖母の気持ちが生み出した罪のない妄想であることに違いはない。

だから、これ以上おばあちゃんを問い詰めるのは止めよう、ということになった。事実でないのであれば、問い詰めればそのうち辻褄が合わなくなってくるだろう。妄想の矛盾点を指摘したところでそれは無意味だし、理詰めで嘘だと証明しても何の得もない。

お母さんは信じている――いや、信じたいと強く思っているのだろうから、追い詰められれば辻褄を合わせようと必死になるだろうし、そうなれば本当に嘘を吐き始めるかもしれない。それは、何だか酷である。

本当だということにしておけば、取り敢えず丸く収まるし、それでも別に不都合はない。Hさんも家族もそう思うことにして、以降その話題には触れないでおくことにしようと示し合わせた。

それでもHさんは一応本郷のK店に問い合わせだけはしてみたのだそうだ。

でも、得るものは何もなかったそうである。

やがて約束の日がやってきた。

お母さんはどうしても浅草に行くのだと駄駄を捏ねた。

どう言い聞かせても聞かないし、今更あれはお母さんの妄想ですとも言えなかったから、Hさんは仕方がなくお供を一人つけて、浅草の観音様の境内にある念仏堂まで母を送り出したのだそうだ。

半日ばかりして、お母さんは安らかな顔をして家に戻ってきた。

孫と沢山話をしたのだ——そうである。

じゃあ何を話したのかと問うと、曖昧でどうにもはっきりしないことを言う。

当然ではあるが、次男が何故家出をしたのか、今何処にいて何をしているのか、そうした具体的なことはお母さんの口からは一切出てこない。口止めをされている様子もなく、やはり耄けているとしか思えなかったのだそうだ。

結局、何もかも有耶無耶だった。

どう聞いても、何を問うても、お母さんの返事は悉く適当なものだったのだそうだ。

ただ、また会えて嬉しかった、話が出来て良かったと繰り返すばかりである。

一から十まで完全に妄想の産物としか思えませんでした——と、Hさんは言った。

嘘を吐いているのでもないし、何かを誤魔化している訳でもない。

孫と会って話したという出来ごとは、お母さんの頭の中では紛れもない事実なのだろう——。

Hさんは今回もそう考えて、やり過ごすことにした。

だからHさんは何も問わずに、ただハイハイと老母の話を聞いたのだそうである。

老母の話だと、別れ際に次男は、

「私は少しも難儀していませんし、幸せですから、もう心配せず、捜さないでください」

と言って去ったのだという。

あの子はほんとうに幸せそうだったから、お前も案ずることはないよと老母は結んだそうである。

Hさんは諒解ましたと答えた。

他に言うことはなかったからである。ところが——Hさんが話を切り上げようとすると、そうそうと、老母は思い出したように次のような話を付け加えたのだという。

Hさんの次男には、その時年老いた僧形の連れが二人いたのだそうである。念仏堂の中で二人の面会を見守っていた老僧たちと次男の三人は、お母さんに会釈をした後、連れ立って人だまりに紛れ、煙のように搔き消えてしまった——のだという。

それはまたどういう想像だろうとHさんは思った。

妄想なのだから何でもアリではある。

そうだとしてもそんな奇妙な付け足しは無用ではないか——。

そう思っていると、あれはもしや天狗様なのかねえと、お母さんは遠い目をして呟いたそうである。

なる程。

老いて衰えた母の頭の中で、孫は天狗に召されたことになったのである。

これで母の中での決着がついたのだなと、Hさんは納得することにしたのだそうだ。

天狗でも何でも良いのである。お婆ちゃんが納得出来る説明が出来るなら、それで済むことなのだ。

どこかで野垂れ死んだのかもしれないとか、何か事件に巻き込まれて酷い目に遭っているかもしれないとか、そうした恐ろしい考えを巡らせるよりも、天狗とともに幸せに暮らしていると考えたほうが——それを信じられるなら——ずっと良い心持ちになれるだろう。だからこれでいいのだとHさんは自分に言い聞かせたのだそうだ。

ただね、とHさんは続けた。

——問題はね、お供につけた下男なんですよ。

下男は真面目な顔で、

「私も見てました」

と、言うのだそうだ。

いったい何を見たのでしょうねとHさんは頭を抱えた。

魔魅不思議の事（耳囊巻之四）

知る人の語りけるは、小日向小身の御旗本の二男、いづち行けん其行方知れず。其祖母深く歎きて所々心掛しに終に音信なかりしが、或時彼祖母本郷兼康が前にて與風彼二男に逢ひける故、「何方へ行しや」と、或ひは歎きあるひは怒りて尋ければ、「されば御歎きを掛候も恐入候得共、今程は我等事難儀なる事もなく世を送り候へば、案事給ふべからず。宿へも歸り懸御目たく候得共、左あつては身の爲人の爲にもならざる間其事なく過ぎ侍る。最早御別れ可申」といふに、祖母は袖を引留て、「暫し」と申ければ、「左思ひ給はゞ來る幾日に淺草觀音境内の念佛堂へ來り給へ。あれにて可掛御目」といゝし故、立別れ歸りて、かく〳〵の事を語けれど、「老にや耄れ給ふなり」迚、家内の者も取合ざれど、其日になれば、「是非淺草へ可參」迚、僕壹人召連て觀音境内の念佛堂へいたりければ、果して彼二男來りて彼是の咄をなし、

「最早尋給ふまじ。我等も今は聊難義に成る事もなし」と語り、右連にも有けるや、老僧など一兩輩念佛堂に見へしが、其後人溜りに立かくれ見失ひける由。召連れし小者も彼様子を見しが、祖母の物語りと同じ事なるよし。天狗と云へる者の所爲にやと、祖母の老耄の沙汰は止みしなり。

正直者

勘定方(かんじょうがた)の役人のSさんが、御普請(ごふしん)の仕事で美濃(みの)（いまの岐阜県）に赴いた時の話。

Sさんは、旅行中の身辺の世話をさせるために使用人を一人連れて行った。

これが真面目な男で、甲斐甲斐(かいがい)しくとてもよく働く。

細かいことに気がつくし、忠実で、Sさんはとても重宝していたし、かつ大いに信頼もしていた。Sさんは、何よりその男の正直なところが気に入っていたのだ。

ある夜。

仕事で疲れたSさんは、旅館に戻るとすぐに床に就いた。

うとうとしかけていると、くだんの使用人が部屋に入ってきた。

Sさんはその男を信用しきっていたから、起き上がることも用心することもせず、布団に入ったままで、何かあったのかね、と尋ねた。

眠たかったのだ。

使用人は、枕元に畏まると、

「改めてお話がございます」

と言った。

夜半過ぎのことであるし、Sさんも徒ならぬ相談ごとではあるのだろうと思ったらしいが、どうにも眠かったのだそうだ。意識が途切れそうになる中、話があるなら言いなさい、と答えた。

すると使用人は、

「私は人間ではないのです」

と言ったのだそうだ。

後になってみれば巫山戯た話ですよね——とSさんは言った。

ただ、既に夢うつつであった所為なのか、その時はそんなに変な話だとは思わなかったのだそうである。

使用人は真顔で、

「大恩あるあなた様に、今まで素性を偽っていたことに就きましては、心苦しくも、また申し訳なくも思っております。実は——私は人間ではなく、魍魎というものなのです」

と続けた。

いきなり魍魎だと言われても困りますよとSさんは笑った。

ただ、半分眠りかけていたこともあって、Sさんは深く考えることが出来なかったのだそうである。

その上、男の態度は終始神妙なものであったし、口調も非常に真剣なものであったから、Sさんは「人間でない」とか「魍魎だ」とかいう非常識な単語を聞き流し、それでどうしたのか、と問うた。

男は一層に畏まり、深く低頭すると、こう言った。

「この度、拠ん所ない事情が出来ましたので、急な話ではございますが、お暇をいただきたく、このような刻限に参りました――」

Sさんは戸惑った。

男の妙な話に戸惑った訳ではない。今辞められると困るなあ、と思った訳である。有能な使用人に旅先で辞められてしまっては、色色と不便も多い。そこで、

「君は今まで随分真面目に勤めてくれたし、感謝もしているから、拠ん所ない事情というのなら暇を遣わさなければならないだろうが――出来ればその事情というのを聞かせて貰えないか?」

と尋いた。すると男は、

「私ども魍魎には、決して外せないお役目がございます。そのお役目は順番で廻って来るものでございまして、明日が丁度私の番なのです」

と言う。

役目とは何かを問うと、

「死骸を取るお役目でございます」

と答えた。

何でも、Sさんが泊まっていた旅館がある場所から一里ばかり下った処にある農家で人死にがあるから、その死骸を取らなければならないのだ――というようなことを男は言ったそうである。

その辺から記憶が曖昧なんですよとSさんは言った。

眠ってしまったのである。

そう言った後、男はふうと消えてしまった――ような気もするが、そもそもすべてが夢のように思っていたからか、Sさんは不思議とも何とも思わなかったそうである。

翌朝目覚めたSさんは、やれやれ妙な夢を見た、埒もないことだと、自分を笑った。

ところが。

使用人がどこにもいない。宿の者に問うても判らない。

夜半の出来ごとは夢ではなかったのである。

使用人は本当に辞めてしまい、夜が明ける前に何処かへ行ってしまったと考えるよりなかった。

しかし、あれが真実であるならば――。

言うに事欠いて自分は魍魎だとは、いったいどういう言い訳だろうと、Sさんは考え込んでしまったそうである。

思うに、余程言いにくい理由があったに違いない。男は律義な性格であったし、主に問い質されて答えられないとは言えないだろう。正直者の嘘はすぐにバレてしまう。

到底信じられる訳もない荒唐無稽な理由を語ったのは、あの男なりの忠義心の現れだったのではないか――Sさんはそう思うことにした。

給金も取らずに姿を消したのだし、相当差し迫った状況だったのだろうと、Sさんは男を捜すことを止したという。

後に、Sさんは男が消えた日に一里先の農家で葬式があったことを耳にした。

その葬式の様子はその辺一帯でちょっとした評判になっていた。

葬列が野道で突如湧き出た黒雲に覆われたのだ――というのである。

言いにくい事情なんかなかったんですよ、とSさんは困ったように言った。

「あれは、やはり正直者だったんです」

雲が消えた後。

棺の中の死骸は何者かに持ち去られていたという。

「そのうえあいつは」

やっぱり仕事熱心だったんですよと、Sさんは付け加えた。

鬼僕の事（耳嚢巻之四）

芝田何某といへる御勘定を勤めし人、美濃の御普請御用にて先年彼地へ至りしに、出立前に一僕を抱へ召連しに、貞實に給仕なせしが、或る夜旅宿に寢しに夜半頃と覺へ、夢ともなく彼僕枕元へ來りて、「我等人間に非らず、魍魎といへる者なり。無據事あるまゝ暇給はるべし」と乞ひし故、「無據事あらば暇も可遣なれ共、其子細承り度」と申けるに、彼僕がいへるは、「我輩の者順番いたし死人の亡骸を取る役あり。此度我等右順役に當りて、此旅宿村より一里斗下の百姓何某が死骸を取る事なり」とて無行衛なりし故、「埒なき夢を見し」と心にも不掛伏して翌朝起出しに、右の僕行衛不知よし故大に驚き、彼壹里餘下の何某が母の事を聞しに、「今日葬送なしけるが、野道にて黑雲立覆ひしが棺中の死骸を失ひし」と、所の者咄しけるを聞て、彌おどろきけるとや。

つけたのは誰

Aさんの家来に、Kという人がいる。

このKさんには一人息子がいた。

その子は大変に聡明(そうめい)な子供だったそうである。

だった、というのには理由がある。

Kさんのお子さんは幼くして亡くなってしまったのである。

亡くなったのは七つか八つの頃だったらしい。

Kさんはその子が自慢であったし、慈しんで大切に育てていたから、亡くなった時は大いに悲しんだ。

だが。

Kさんの悲しみは、葬儀の前に雲散霧消してしまった。

Kさんは言う。

「悲しみが和らいだとか、悲しくなくなったとか——そういうことではありません。達観した訳でもないんですよ。いまだに未練はあるし、息子のことを思い出すと今でも胸が痛む。愛おしくて愛おしくて堪らなくなりますよ。そういう意味ではまだ悲しみは続いているんですが、ただ、お葬式の前に——」

Kさんは吃驚したのである。

それは驚いたのですとKさんは言う。

Kさんの息子さんは、かなり幼い頃から読み書きが上手だった。五歳で既にいろはの手習いをしていたし、六歳になる頃には漢字も書けるようになっていた。

余り上手に字を書くので、家人も感心し、時に驚くこともあった。

ある日のこと。

その子は数枚の半紙に漢字を二文字書き、Kさんに見せた。

「即休」

と書いてあったそうである。

大層上手に書けていたから、Kさんは嬉しくなって、家人を呼んで見せた。皆、大いに感心し、よく書けたよく書けたと子供を褒めた。

しかし。

意味が判らない。

そこで、それはいったいどういう意味なのかと、Kさんは坊やに問うた。

坊やは、

「これは僕の法名だよ」

と答えた。法名というのは、要するに死んだ後につける名前——戒名のことである。自分で自分の戒名をつけた、というのだ。

縁起でもない——。

家人一同は当惑した。坊やの様子は平素と変わらなかった。機嫌もいたって良く、懸命に字を書く仕種も微笑ましいものであった。それが突然、戒名を書いているなどと言い出したのであるから、戸惑っても当たり前だろう。

「まあ、子供のことですから、出家しようと思っていたというようなことも考えられませんし、法名が死後につけられる名前なのだと知らなかったのかもしれません。いずれにしろ他愛もないこと、何か面白く感じてしたことではあったのでしょうけれど、親としてみれば穏やかじゃないですよ。私も家内も、忌まわしいからよしなさいと息子を制した訳ですが」

坊やはKさんたちの言うことを聞かず、納得の行くまで「即休」の二文字を書き続けた。

納得の行く字が書き上がって、間もなく。

坊やは死んでしまったのである。

「まあ、驚きました。家内なんかは、あなたがあんな法名なんか書くのを許すからこんなことになったのだと言って、私に八つ当たりをしました。いや、それも仕方がないでしょう。八つ当たりをしたくなる気持ちもわかりますよ。私だってまったくそう思わないじゃなかった。けれど――文字を書いたから死ぬというのは、まあ理に適った話ではないですよ。寧ろその逆――なんですよね」

Kさんは、さてはあの子は自らの死を予期していたのか、それで法名なんか書き始めたのかと――そんな風にも思ったのだそうだ。法名を書いたから死んだのではなく、死を予期したから法名を記した――だから逆、ということである。

「でもまあ、そう思ったのは一瞬のことです。常識的に考えれば、それだって考えられない話ですよ。子供が自分の死を予知して、先廻りして自分で自分に法名をつけるなんて話は、あり得ない。いや、息子は自分が死んでしまうなどとはひと言も言ってないんですからね。ただ楽しんで字を書いていただけですよ。そもそも幼い子の言うことを真に受けるほうがどうかしている――」

Kさんはそこで目頭を押さえた。

「いやいや、正直に言えば、その段階ではそんなことをあれこれ考える余裕はありませんでした。大事な息子がポックリ死んでしまった訳ですから、もう私も家内も悲しくて悲しくて、仕様がなかった。理屈も何もあったもんじゃなかったですから」

でも。

Kさんは泣いてばかりもいられなかった。どんなに泣き叫んでも死んでしまったものは生き返りはしない。

Kさんは涙を堪え、葬儀の準備を始めなくてはならなかったのだ。

菩提所に息子が亡くなったことを申し渡すと、やがて葬送の段取りをするために、寺から人がやってきた。

「そこで――」

Kさんは、本当に驚くことになったのだという。

寺から届いた紙には、黒黒と、

「即休」

という文字が記してあったのだ。

それは菩提寺の住職が坊やにつけてくれた法名であった。

Kさんは急いで寺に赴くと、いったいこの法名は誰から聞いた、もしや家内が喋ったのかと、次次に寺僧達を問い質した。

しかし寺の者は口を揃えて、間違いなく報せを受けたご住職が先程つけられたものです、と答えたのだそうだ。

つけたのは息子なんですがねえと言って、Kさんは溜め息をついた。

不思議なしとも難極事（耳囊巻之一）

安藤霜臺の家來に何の幸右衞門と云へる者あり、苗字は忘れたり。此幸右衞門始一人の男子ありしが、五、六才にて甚聡明にして文字など年に合せては奇に書しに、七才にて果なく成りしよし。右の死せんとせし前かたに、法名をつきけるとて卽休と申二字を數紙かきし故、親〳〵も忌はしき事におもひ叱り制しぬれど用ひずして書しが、無程相果ける故菩提所へ申遣、葬送の事など申送ければ、寺より法名を付しに卽休と書てこしける故、「此法名は家内より聞し事もや」と寺僧に尋しが、「いさゝか不知」由にて、いづれも奇怪を歎息せりと物語なり。

誰が作った

御小姓組頭のUさんの家には大勢奉公人がいる。

ある時、奥向きに数年勤めたAという娘が、体を毀した。

色色と手を尽くしたものの治療の効き目もあまりないようで、病気は中中治らなかった。

Aさんはどうにも体が辛いので勤めを辞めたいとUさんに願い出た。

ここはひとつ本格的に養生をしないと命に関わるということで、UさんはAさんに病気療養のための無期限の休暇を与えることにした。完全に治ったら復職出来るように取り計らうから、安心して体を休めなさいとUさんは申し伝えた。

暫く後。

Uさんのお母さんが暮らしている隠居部屋に、突然Aさんがやってきた。

Aさんは深々と頭を下げ、

「お蔭様で養生させて戴きました。長い間の厚恩に感謝いたします」

と言った。Uさんのお母さんはAさんに日頃から目を懸けていたので、病気が治ったという報告を受けて大いに喜んだ。しかし、見れば如何にも病み上がりという顔つきである。そこで、

「どうもまだ顔色も良くないようですから、もう少しゆっくり休みなさい。病後というのはより一層注意が必要なものです。元気になったらまた来ておくれ、約束通り勤めて貰いますから」

と言った。するとAさんは笑って、

「私、もう働けます」

と言って、持参した風呂敷包みを解き、二段重ねの重箱を差し出した。

「皆様へのお礼にと、本日は土産を持って参りました。お口に合うかどうかは判りませんが――」

Uさんのお母さんが重箱を開けると、中には真っ白い団子が詰められていた。

美味しそうなお団子ですこと、と言うと、Aさんは嬉しそうに、

「私が作ったものです」

と答えた。

慥かに作りたてのようだった。こんな綺麗なお団子が作れるくらいに快復したというのなら、まあ勤めも出来るかもしれないと、Uさんのお母さんは考えた。

何より、本人がやる気になっているのであれば、無下にするのも忍びない。

そこで思案の末、

「わかりました。もう一度勤めておくれ。ただし無理はしないようにね」

と伝えた。Aさんは大層喜び、何度も礼を述べてから、では早速みなさんに挨拶をして来ますと言い残して母屋のほうに向かった。

後ろ姿は元気そうに見えたが、それでもUさんのお母さんはAさんの体が少し心配だったので、暫くしてからAさんの職場であるお勝手に行ってみた。

そして、台所の責任者を捕まえて、

「さっきAさんが来たでしょう。本人の口から聞いたとは思うけれども、今日からまた勤め始めることになりました。でも、病気が治ったとはいうもののまだ心配なので、みんなで助けてやっておくれ」

と頼んだ。

すると奉公人たちは皆、首を傾げ、Aちゃんの姿は見ていないと言った。では別のところに挨拶に行ったのかと、家中捜したが見当たらない。誰も見ていない。家の周りにもいない。

どうにも妙なので、Aさんの実家に使いの者をやることにした。元気に振る舞ってはいたが、やはり無理をしていたのかもしれないし、突然具合が悪くなって家に戻ったのかもしれない。

途中で行き倒れていたりしたら大事である。

それに——。

Uさんのお母さんは、少し悪い予感がしたので、Aさんが土産にくれた重箱を確認してみた。

重箱はちゃんとあった。

開けてみると中のお団子もある。

作りたての白い綺麗なお団子である。とても美味しそうだった。

やがて使いの者が戻った。

Aさんは死んでいた。

悪い予感が当たったのでUさんのお母さんは大いに驚き、悲しんだ。しかし使いの者は続けて、

「亡くなったのは二三日前だそうです。急に亡くなったので実家では報せるのを引き延ばしていたそうで——」

と言った。では。

このお団子は。

お母さんが団子を食べたのかどうか、Uさんは知らないそうである。

下女の幽靈主家へ來りし事（耳囊卷之四）

鵜殿式部といへる人の奥にて召仕ひ、數年奉公して目を懸け仕ひし女、久々煩ひて暇を乞ひし故、永の暇を遣し暫く過ぎけるに、右の女來りて式部母隱居の宅へ至り、「久々厚恩にて養生いたし難有」由を述ければ、老母も其病氣快よきを悦び賀して、「未だ色も惡しき間、能養生いたし歸參して勤よ」と申ければ、「最早奉公相成候」由、「土産にと手前にて拵へし品」とて、團子を二重持參せしまゝ、相應の挨拶等いたし、「左もあらば先づ養生を加て勤めよかし」とて挨拶なしければ、右女は其坐を立て次へ行し故、老母も無程勝手へ出、「誰こそ病氣、快とて返りしが、未色も惡しければ傍輩も助け合て遣すべし」と言しに、家内の者共、「右下女の歸りし事誰も知らず」と答へて、所々尋しに行方なし。「さるにても土産の重箱ありし」迚重を見しに、重箱はかたの如くありて内には團子の白きを詰めて有りし故、宿へ人を遣りて聞しに、「右女は二、三日已前に相果ぬ。知らせ延引せし」とて、右宿の者來り届し由。不思議の事也と、鵜殿が一族に語りけるなり。

何がしたい

どのくらい昔の話なのかは判らないのだが、改代町（いまの東京都新宿区）に、Bさんという労働者が住んでいた。Bさんはそれはマメな性質で、煮炊きなども自分でよくした。

ある日、Bさんは中古の竈（かまど）を買った。

中中良い具合の竈だったので、早速土間に据えて火を入れ、湯など沸かしてみた。

二日目の夜。

何か妙な気配がするので、ふと竈元を見た。

すると。

手がにゅ、と出ている。

当然、錯覚だと思った。しかし何かが出ていることは確実である。

土間に降りて屈み込むと、何となく汚い感じの法師が竈の下にいて、手を出しているのだ。Bさんは——それは驚いたのだけれど、怖いというより寧ろ錯乱して、放置したまま寝た。

朝になって見てみると、竈は別にどうにもなっていない。

人が入り込めるような隙間も、あるといえばあるが、ないといえばない。下に箱でも設えて割った薪でも詰めておけば人は入れないな——などと馬鹿なことを考え、Bさんは苦笑して、仕事に出掛けた。

仕事を終えて戻り、晩ご飯を作って食べ、暫くすると。

また手が出た。

覗くとやはり汚らしいお坊さんがいる。さっきまで火が入っていたのだから、これは変である。変だけれども、いるものはいる。しかし何をする訳でもない。手を出すだけである。二度目なのでそれほど驚きはしなかったが、どうにも出来ないし、話し掛ける気には到底ならないので、その日も放置して寝た。

朝起きてBさんは考えた。

困ることはないけれど、とても厭だ。

そこで竈を買った古道具屋に行き、

「あの竈はどうも良くない。気に入らないので取り替えて欲しい」

と頼んだ。

店の者は何処に不服があるのだという顔をした。

慥かに竈としては作りの良いものだったし、値段も手頃である。中古品とはいえ、汚れても壊れてもいない。

Bさんは訳を話さず、それでも気に入らないのだよと言った。あまりにも奇態な話なので、話したところで信じては貰えまいと考えたのだ。

それに——。

Bさんは、自分でも幻覚だったかもしれないと思い始めていた。冷静に考えればあり得ないことだ。

それでも厭なものは厭だった。

そこまで言うならお金はお返ししますと古道具屋は言った。何とか他のかまどと替えてくれないかと再度頼むと、こんな値段の竈は他にないと言う。

慥かに他の竈は少しばかり高価い。しかしあまり粘ると店の者が不審がるので、クーリングオフはせず、追加で幾らか金を払って別の竈を買い、例の竈は返すことにした。

その後は何もなかった。

何日か後。

Bさんの仕事仲間のCさんが竈を買ったという話を聞いた。真逆とは思ったが、気になったのであれこれ尋いてみると、どうもBさんが例の竈を返品したその店で、Cさんは竈を調達したらしい。

良い出物があったのだということだった。

二三日して、Bさんは Cさんの処を訪ねてみた。

もしやCさんが買ったのは例の竈ではないか——と思ったのである。

案の定、Cさんは厭な顔をしていた。どうも厭なことがあるらしい。

何があったのか問い質（ただ）すと、

「笑うかもしれないが——毎晩怪しいことが起きるんだよ。どうにも不思議だ」

と答えて、Cさんは参った、というような顔をした。

夜毎、竈の下から何かが出て来るようだというのである。Cさんは気味が悪いので何が出て来るのか確認はしていないようだった。

Bさんはやはりそうであったかと膝（ひざ）を打ち、自分の体験を語った。

「それは、たぶん俺が買ったのと同じ竈（へっつい）だよ。俺のとこでも同じようなことが起きたのだ。俺は気味が悪いから取り替えたんだよ。お前も替えて貰ったほうがいいのじゃないか？」

「それは——何かいけない感じだなあ」

Cさんは Bさんの忠告を聞き入れ、翌日古道具屋に竈を持って行くと、やはり追加料金を払って別の竈と取り替えて貰ったそうである。

Bさんはどうも気になって仕様がなかったので、何も知らない振りをして古道具屋に出向き、世間話を装って店員の様子を窺（うかが）った。

暫く話し、

「そういえば――あの竈(へっつい)はどうなった、品も良いし安いからすぐに売れたのじゃないか？」

と切り出した。

「いや、売れたことは売れたんですがね、また返品ですよ。お客さんもそうだけど、いったい何が気に入らないのかねえ――」

店の者が首を捻(ひね)るので、Bさんはじゃあ教えようと詳しい事情を語った。

古道具屋は憤慨した。

「そんなウソみたいな話がある訳はないよ。お客さん、うちの商品にケチをつける気ですか」

「嘘なものか。そんなに怒るなら、自分で使ってみればいい。まずは試してみなさい」

Bさんはそう言って一方的に話を切り上げて家に帰った。

しばらくして、古道具屋がBさんを訪ねてきた。

古道具屋は何とも奇妙な顔をして、Bさんに五両の金子を見せた。

それは何かとBさんは問うた。

いきなり金を見せられても困る。

「いや、まあ、聞いてください。あの時は少しばかり肚(はら)を立てましたが――」

どうも申し訳ありませんでしたと古道具屋は謝罪した。

「最初は嫌がらせかとも思いましたが、お客さんにしても、追加料金を払ってまで他の竈と取り替えられていますしね。そんなことが二回も続くというのは慥かに変だ。これはやはり何か理由があるんだろうと、私も思い直しましてね。家の台所に入れて、茶など煎じてみたんですよ。そしたら夜に」

やはり何かが手を出した。

のみならず、のそのそ這い廻ったりする。

「何が——這い廻ったのですか」

「薄汚れた坊主でしたよ。それが這い廻るんですから堪りません」

古道具屋は朝を待ち、竈を打ち壊したのだという。

すると中から五両の金が出て来たというのだ。

竈に蓄えを隠したまま死んでしまった道心者の念か何かが出たのでしょうかと古道具屋は言った。

Bさんは何も言わなかったが、それは違うだろうと思った。隠した金を見つけて欲しかったとも思えない。赤の他人に金を渡して嬉しいこともないだろう。使わず死んだ無念があるとも思えなかった。

「亡霊だか何だか知りませんけどね、手を出したり這い廻ったり、何がしたいのかまったく解らないですよ」

ただ汚くて、ただ厭ぁな感じがしただけですから——と、Bさんは言った。

怪竈の事（耳嚢巻之五）

餘程以前の事なるよし、改代町に住ける日雇取ひとつの竈を買て、我宿元に押居て煮焚せしに、二日めの夜右へつついの元をみやれば、きたなげなる法師右竈の下より手を出しけるに驚き、又の夜をためしければ猶同じ事也。「右下には箱をしつらい割薪杯を入置けば、人の這入べき様なし」と、心憂き事におもひて彼賣ける方へ至り、「右へつひは思はしからず、取替呉候様」相頼み、最初の價に増して外の竈を取入ければ其後怪もなし。然るに右竈を仲か間の日雇取調ひける故、其買得し所など尋しに違無ければ、一両日過て右仲か間の許へ尋ね行しに、「不思儀なる事は彼竈の下より夜毎に怪みあり」と語ける故、「さらば我も語らん。右へつゝい一旦調へしが怪事有し故返し取替たり。御身も取替可然」と教へける故、是も少々の添銀して外のへつゝいと引替けるが、彼男あまりに不思儀に思て、彼商ひし古道具屋へ至り、

「右へつゝいは如何成しや」と尋けるに、「外へ賣しが又帰りあり」と語る間、委細の譯を咄しければ、「かゝる事のあるべきやうなし。商ひ物に疵附候」など少し憤りける故、「然らば御身の臺所に置てためし給へ」と言て別れしが、彼古道具屋も、「一ケ所ならず二ケ所より返りしは譯もあらん」と、勝手の間へ入て茶抔煎じけるに、其夜心を附てみしに、果してきたなげなる坊主手を出し這廻る様子故、夜明て右へつゝいを打こはしけるに、片隅より金子五兩堀出しぬ。さては道心者など聊の金子を爰に貯へて死せしが、彼念殘りしやと、人の語りぬ。

何処に居た

寛政七年（一七九五年）の冬のこと。

Oさんの家の奥向きに、大層美人の奥女中がいた。姿が佳いので評判になったりもしていたが、ある日ふいに姿を消した。

どこにもいない。

容姿の整った佳人だったから、岡惚れをした何者かに攫われたのではないかと言う者もいた。

しかし町家ならともかく、Oさんの家は立派な武家屋敷である。わざわざ忍び込んで女中を攫うような者はいない。その上軽輩の家と違い、十万石の名家でもあるOさんの屋敷は四壁厳重な造りになっている。そもそも侵入は不可能なのだ。攫うつもりなら外出時を狙うだろう。しかし外出した様子もない。

本当にふいに消えてしまったのである。

どうであれ、人間一人煙のように消えてしまうことなどあり得ない。本人の意志で姿を消したとしか思えなかった。忍び込むのは無理であっても、こっそり抜け出すことなら出来るだろう。

ただ、普通ならそんなことをする意味がない。

もしや誰かに見初められ、密かに通じていて、駆け落ちでもしたのだろうという話になった。

実家にも尋ねてみたが、まるで心当たりがないという話だった。

いずれ確証は得られず、女の行方もまったく判らなかった。

そのまま二十日ばかりが過ぎたある日。

消えた女と同じ長局に住む別の奥女中が、洗面所に行った。

長局とは、一棟を沢山の部屋に仕切った建物で、要するに部屋が長屋のように連なった、奥女中たちの住居のことである。

手水場で手を洗っていると。

すっと白い手が出て来た。

真っ白で細い手は、貝殻を持っていた。

どうやら貝殻で水を汲もうとしているようだった。

女中は悲鳴を上げて、気絶した。

悲鳴を聞きつけて、同室の女中や家中の者などが大勢出て来た。すると、何か怪しいものが縁の下に逃げ込もうとしている。すわ曲者、とばかりに大勢で取り押さえたところ――。

それは行方不明になっていた女であった。

これは奇異なことと、取り敢えず座敷に上げ、湯水などを与えて落ち着かせて事情を問い質した。

しかし何を尋いても答えない。激しく拒む。

どうでも答えろと追及すると、女はしぶしぶ、

「私は――良縁があって、結婚したんです。いまは夫のある身なんです」

そう答えた。

何でも立派な家に嫁いだのだというのである。

しかし、その家は何処の何という家かと問うても答えない。

更に厳しく問い詰めると、一応答えはするのだけれども、何だかいい加減で、よく判らない。住所も氏名も曖昧で、何とも要領を得ない。誤魔化しているというより、どうにも変なことを言う。

ちゃんと答えてくれと、宥めたり煽てたりして尋ねると、

「そんなに言うんなら、私の住んでいる処に皆さんを案内しますわ」

と答えた。

女は立ち上がり、さあどうぞと言いながら──。

身を屈めて縁の下に入った。

仕方がなく二三人の者が後に続いた。女は腹這いになって縁の下をどんどん奥のほうに進み、

「ここが私の家よ」

と言った。

そこには茣蓙や筵が敷かれていた。

女は何故か、古い茶碗やお椀を筵の上に並べた。

良い処でしょうと女は言った。

ついて行った者は呆れた。二の句が継げない。

「ここが家だと言うなら──お前の旦那さんはいったい誰なんだね」

そう問うと、女は前にもお話ししたじゃないですか、ご立派なお方ですなどと言いながら、何やら訳の判らない名前を答えた。ちゃんと答えているのだが、何を言っているのか判らない。

正気ではない。

狂っているとしか思えない。もう判ったから外へ出ようと宥め賺し、女を外に引き擦り出した。

まあ生きていただけ良いとしよう、ということになった。

しかし、そうはいっても今までと同じように雇い続けることは出来ない。行方不明者を家の中で発見したということと、正気を失っていた旨を役所に届け出てから、Oさんは女の実家に連絡し、引き取って貰うことにした。暇を出したのである。

女の両親は、どんな状態であれ無事が確認出来たと、大層喜んだ。乱心もいずれ治るだろうと薬など与えて看病したが、苦労の甲斐なく、女はすぐに死んだそうである。

狐狸に誑かされたのでしょうかね、と言った後、Oさんは眉を顰めて、

「そうだとしても、消えていた二十日の間、あの女中はずっと縁の下にいたのですかね？」

と首を傾げた。

縁の下には茣蓙こそ敷かれていたものの、食物の残骸は疎か、生活していたような痕跡は一切見当たらなかったのである。

狐狸の爲に狂死せし女の事（耳囊巻之四）

寛政七年の冬、小笠原家の奥に勤めし女、容儀も右奥にては一、二と算へけるが、風與行衞を失ひ、「全缺落いたしけるならん」と、其宿をも尋問ひけれどもかゐふつ見へざれば、輕き方と違ひ四壁嚴重の屋舗、とり〴〵疑ひけるが、日數廿日程過て、同じ長局の女手水を遣ひける手水鉢の流へ、白き手を出し貝殻にて水を汲むを見て、右女驚き氣絶せし故、同部屋は不申及、いづれも缺附見れば、怪敷女やうのもの椽下へ入るを見て、大勢にて差押ければ、彼行衞不知女故、湯水等を與へ尋問ひしに、始めはいなみしが切に問ひければ、「我はよきよすがありて宜所へ緣に付、今は夫を持し」由を申ゆへ、「何方なり哉」と聞侍れど其答へもしか〴〵ならず。色々すかして尋ければ、「さらば我住む方へ伴ひ申さん」迚椽の下へ入ける故、跡に付て兩三人立入りしが、遥か椽下を行て一ケ所の椽下に、胡座莚など敷て古き椀・

茶碗を並べ、「此所住家なる」よし故、夫の名など尋しに、「兼て咄せし通りの男也」とて名もしかと不答。誠に狂人の有様故、其譯役人へも斷り、宿を呼寄せて暇を遣しけるが、兩親も悦て品〳〵醫藥等を施し療養を加へけれど、甲斐なくして無程身まかりしとや。

寸分違わぬ

Cさんは、筆者（根岸）とも親しい間柄の、身分の高い武士である。

ある時、Cさんの知人友人数名が集まって雑談をしていた折のこと。

何の拍子か、オカルト関連の話題になった。

それなりに社会的影響力のある立場の者ばかりだったから、与太話とはいえ誰も皆慎重で、どちらかというとその手のものには懐疑的な意見が多かった。

Cさんも、完全に否定派だった。

ただ、化け物幽霊は論外としても、未知の禽獣（きんじゅう）ならばいる可能性もあるだろうと言う者もおり、それは尤（もっと）もだということになった。

所謂（いわゆる）、未確認動物（UMA）である。

そこで。

河童はどうだろう、と誰かが言った。

河童は生物なのか。それとも化け物なのか——。

昔話やらマンガ・小説に登場する河童は、どう考えてもただの動物ではない。人語を解すし、神通力のようなものも持っている。

明らかに空想の産物である。

ただ河童に関していうならば、そうした創作以外にも、実際に目撃した遭遇したという話もまま聞こえてくる。

そこで、河童に似たそれらしき動物なら居るかもしれぬ——という意見が出された。

物語に出てくる河童と、目撃されたＵＭＡは別物だろうと言うのである。

いや、それも結局亀やら川獺やらを見間違えただけだろうと言う者もあった。

慥かに、某か未知の動物がいたとしても、頭に皿を乗せた怪物が全国の河川に棲息しているとは思えない。

そこで、Ｃさんが笑いながらこんなことを言った。

「私はその昔、河童を撃ち殺したという男から、殺した河童の姿を写した絵というのを見せられたことがあるんですよ。それは、まあ、いわゆる河童の形でしたが——」

一同は仰天した。

「いやいや、どうせ作りごとです。私は絵を見ただけですから」

Ｃさんはそう言うと手を振り、頭を掻いて大いに笑った。

「どれほど尤もらしく描こうと、絵は絵です。写生をした、そのまま描いたと、口では何とでも言えますがね、空想して好き勝手に描いたって、見るほうに区別のつくものではないでしょう。目の数を増やそうが口を大きくしようが、自由です。これこの通りでしたと言われても、鵜呑みには出来ません」

戯れ本の挿し絵にも河童のキャラクターは描かれている訳だし、怪しげな絵巻物などにもまことしやかに描かれた河童の姿が載っている。

絵という意味では皆一緒である。

「絵など見せられても何の証明にもなりません」

Cさんはそう結んだ。

※

それから随分経ってのこと。

仙台河岸（隅田川の東岸）のD家の蔵屋敷（年貢米などの取引をする屋敷）で、河童を塩漬けにしている現場を目撃した——という人物が現れた。

やはり筆者の知人で、要職につく侍でもあるM君がその話を聞き、訝しんで調べたところ、次のような子細がわかった。

D家蔵屋敷周辺で、小児が訳もなく掘割の水に落ちて死んだ。

事故を起こすような状況でもなく、幼い者であるから自殺とも思えない。何かに引き込まれたとしか思えない。

何とも不思議なことと、蔵屋敷勤めの者どもは首を捻った。

そこで、念のために一度水を干し、そっくり水替えをしてみようということになったのだそうである。もしも人を引き込むような大型の水棲動物が棲み着いているならば、それは危険極まりないことだし、そもそも子供が亡くなっているのだから気味も悪い。

堀の内淵を堰き止めると水位はどんどん下がって、やがて水底が露になった。

すると。

干上がったぬかるみの中に動くものがある。どうやら泥の中に何かが潜んでいる様子だった。やはり堀には生物が棲み着いていたのだ、大亀か、はたまた大魚かと思い、捕まえようとすると――。

それが、まるで風のように素早く逃げる。

水中ならともかく、水は干してある。

敏捷な動きから考えて亀でも魚でもない。

あまりすばしこいので捕獲を断念し、鉄砲を持ち出して射殺した。

泥を落として検分してみると、世にも珍しい生物である。しかし、夏場ということもあり、腐ると面倒なので死骸を塩漬けにした――のだそうである。

男の話は嘘とは思えなかった。

ただ、その生物が河童かどうかという点に関しては、見ていた男の判断でしかない。

D家といえば六十二万石の大名である。M君は実際にD家蔵屋敷を訪ねて実物を見聞したいと思ったようだが、諸事情もあってそうも行かず、仕方なくその目撃者に絵を描かせた。

その絵を見せて貰うことになった。

以前の話を覚えていたので、Cさんにも立ち会ってもらうことにした。

絵を見るなり、Cさんは頭を抱えた。そして、

「前に見た絵と寸分違わぬ――」

と、呟いた。

河童の事（耳嚢巻之一）

天明元年の八月、仙臺河岸伊達侯の藏屋敷にて、河童を打殺し鹽漬にいたし置由、まのあたり見たるものゝ語りけると圖を松本豆州持來り。其子細を尋るに、「右屋鋪にて小兒など故なく入水せしが、怪む事ありて右堀の内淵ともいへる所を堰て水を替へ干けるに、泥を潜りて早き事風の如く〔き〕もの有り。漸鐵炮にて打留しと聞及びし」由語りぬ。傍に曲淵甲斐守ありて、「むかし同人河童の圖とて見侍りしに、豆州持參の圖少しも違ひなし」といひぬ。

引いてみた

K君は明るくて世話好きな好青年である。

小日向在住のK君は、近くに居を構える旗本のYさんと親しくしていた。

裏表のない明朗快活な性格の所為だろうか、K君はYさんに大層目を掛けられ、可愛がられていたようである。

どれだけ懇意にしているといっても相手は旗本、気安く奥向きにまで呼ばれることも少ないものなのだろうが、K君は余程信頼されていたのだろう、独身だったこともあって、K君はよくYさん宅で食事などもご馳走になった。Yさんは K君を弟か何かのように思っていたのだろう。

そんな訳で、K君はYさん宅に足繁く通い、家族同様の付き合いをさせて貰っていたのだった。

そのうち。

K君はYさんの一人息子のNちゃんと仲良しになった。

Nちゃんは五歳になる男の子で、これがいたって可愛らしい。

Yさん夫婦もそれはNちゃんを慈しんで育てており、そのお蔭もあってか、Nちゃんはとても素直で、人見知りのない、元気な子供だった。

K君は生来子供が大好きな性質だったので、訪ねる度に遊ばせて貰っていた。

お土産などを持って行くと、素直なNちゃんはとても喜んだ。

K君は、そのうちNちゃんと遊ぶためだけにYさん宅を訪れるようになり、Yさんたち家族もそれを大いに歓迎した。Nちゃんは K君に大変なついていたのである。

そんな、ある日のこと。

K君は仕事の都合もあって、暫くYさん宅に行けない日が続いていた。

そろそろNちゃんと遊びたいな、淋しがってるだろうなと、K君はそんなことを考えていた。

そこに、Yさん宅から使いの者が来た。

「今晩だけは、どうしても来ていただきたい」

使者はそう言った。

ああ、暫くご無沙汰していたからNちゃんが淋しがっているんだろうと思い、K君は支度も早早に家を出て、Yさんの屋敷に向かった。

Yさんの家は、普段より少し薄暗い感じがした。

玄関で声を掛けても返事がないので、K君はそのまま上がることにした。

これはいつものことなのである。

お勝手のほうに続く長い廊下を行くと、必ず廊下の途中の部屋からNちゃんがちょこちょこと出て来てK君を出迎えてくれるのだった。Nちゃんにお出迎えをさせるためYさんの家の者はわざと玄関先に顔を出さないのである。

廊下の中程で、いつものようにNちゃんが出て来た。

Nちゃんは出て来るなり、可愛い小さな手で、K君の袖(そで)をぎゅっと摑(つか)んだ。

来たな。

そう思った。

そのまま くるりと後ろを向き、Nちゃんは K君の袖を引っ張るようにして足早に歩き出した。

早く遊ぼう、早く遊ぼう、そんな感じだった。

「解った、解った、危ないから走らないで」

Nちゃんに引っ張られて廊下を走り、最後の部屋の前に差し掛かった時。

K君はおや、と思った。

屏風(びょうぶ)が立て廻(まわ)されている。

K君は何気なく立ち止まった。

袖が強く引っ張られて、そしてするっと抜けた。

Nちゃんが勢い余って先に行ってしまったのだ。

行く手はお勝手である。

Nちゃんが走って行ったところで別に危ないこともないだろう。K君は一瞬Nちゃんの走って行ったほうを見て、それからそのまま体の向きを変え、部屋へと足を踏み入れた。

どうも普段と雰囲気が違う。

どこかしめやかな感じがする。

K君は病人でもいるのかと、そう思ったそうである。

屏風に近づき、声を掛けようと思ったその時。

屏風の後ろからYさんが出てきて、

「息子が」

と言った。

Yさんの顔は歪(ゆが)んでいた。

「Nが、可愛がっていた倅(せがれ)が」

Yさんは震える声でこう結んだ。

「Nが、疱瘡(ほうそう)に罹(かか)って、死んだ——」

「え？」

K君は一度振り返った。

そういえば。

顔も見ていない。

声も聞いていない。足音も――。

いや待て。

K君はそれから、自分の袖口を見た。そして、その袖を自分で摑んで、少し引いてみた。

いや。

慥(たし)かに。

その時K君は、驚くより先に体中の毛が逆立ったのだと、直接筆者（根岸）に話してくれた。

幽靈なきとも難申事（耳嚢巻之五）

豫が許へ來る栗原某といへる者、小日向に住居して近隣の御旗本へ常に立入しが、わけて懇意に奥まで行しが、壹人の子息ありて其年五才に成しが、至て愛らしき生故、栗原甚愛して行通ふ時は土産など携へ至りしが、暫く音信ざりし處、右屋鋪より、「今晩は是非に來るべし」と申越ける故、玄關より上りて勝手の方の廊下へ行しに、彼小兒例の通出て栗原が袖を引勝手の方へ行しに、勝手の方に何かしめやかに屛風など建有りし故、「病人にてもありしや」と何心なく通りしに、主人出て、「兼て不便がりし悴五才に成りしが、疱瘡にて相果し」と語られければ、驚きしのみにも非らず、こわげ立しと、直に右栗原かたりぬ。

もう臭わない

Kさんは、今でこそ松平豊前守のご家来の一人なのだが、若い頃は芽が出ず、地方で燻ぶっていたのだそうである。

芸州（今の広島辺り）にいた頃のこと。Kさんは I さんという武士の家に寄宿していた。

その I さんという人は、それは豪胆な性格だったようで、世に怖いものなど何もないと常常豪語していたという。

実際、怖いものはなかったようですよ、とKさんは言う。

Kさんは、別に幽霊や化物を頭から信じている訳ではなかったが、それでも怖いものが何もないなどというもの言いには抵抗があったのだそうだ。

Kさん曰く、普通そうしたもの言いをする人間は世の中に二種類しかいない。

まず、鬼が出ようと蛇が出ようと俺様が退治してくれよう――という豪傑タイプ。

もうひとつは幽霊も化物も、そんな愚かなものはこの世には存在しない、故に怖がる必要はない――という理論派タイプ。

前者は己の武芸の力量を過信しているとしか思えないし、後者は理が勝ち過ぎていて逆に信用出来ない気がしていた――のだそうである。

でもIさんはそのどちらでもなかったんですよ、とKさんは語ってくれた。

Kさんは一度、Iさんに尋いてみたことがあるのだそうだ。

あなたは世に怖いものがないと言うが、それは自分が強いから何が来ても怖くないという意味なのか、それとも怖がる対象自体が存在しないという意味なのか、いったいどちらなんですか――そうKさんは問うたのだ。

するとIさんは笑って、

「どちらでもないよ」

と答えたのだそうだ。

そして、

「まあ、私も若い頃は――その両方だったがね」

と続けたという。

言うことがよく呑み込めなかったので、Kさんは続けてその真意を問い質した。すると I さんは次のように答えた。

「まあ、少しでも理性を持つ者ならば、このご時世に化物妖怪などいる訳はないと、そう思うのが普通だろう。況て腕に自信のある者ならば、多少の怪しいモノには打ち勝てるだろうと、そうも思うだろうね。私もそうだったのだ。しかし、それは少し違っていたのさ」

化物というのはいるのだよとIさんは断言したのだそうである。

それから、

「でもね、それは力で退治出来るものでもないのだ」

と続けたという。

そして、Iさんは次のような話をKさんに語った。

芸州には引馬山という山があり、その頂近くに、決して立ち入ってはいけないと謂われている魔所があるのだという。

その魔所には三本五郎左衛門という化物がいるのだという言い伝えがあったからだそうである。

「まあ、さっきも言ったように、若い頃の私は、この世に化物などいないと思っていたし、縦んばいたとしても一刀の下に斬り捨ててみせよう——などという、まあ、驕り昂ぶった考えを持っていたからね、そんなのは迷信だと、鼻で笑っていたんだね。そんなだったから、古くから友達付き合いをしていた角力と二人でね、つまらない迷信を打破してやろうと、こう企んだ訳だ」

若きIさんと友人の相撲取りは、いまの世に怪事などあって堪るか、魔所とやらで酒をしこたま飲んでこようぞと周囲の者に宣言し、竹筒に酒を汲み入れ、意気揚々と引馬山に登ったのだそうである。

「いや、冗談じゃなくて本当に登ったんだよ。随分経っているがよく覚えているよ。今はどうなっているか知らないが、七尺ほどの五輪塔に地水火風空と記してあったな。まあ気持ちの良い場所じゃあなかったけれど、そこで丸一日酒を喰らって、だらだらと語り遊んだ。そこでは別に何があった訳でもなかったんだが」

下山して三日後。

相撲取りはぽっくりと死んでしまった。

何故死んだのか、Kさんは理由を聞かなかったそうである。

Iさんの話し振りから察するに、突然死んでしまった——という感じだったそうだ。

「それからさ」

Iさんはそこで困ったように笑った。

Iさんの家——つまりKさんが寄宿していたその屋敷——で、毎夜毎夜怪しい出来ごとが続いたのだという。

何がどうなっているのか、奇異な事件が立て続けに起きて、使用人も皆、怖がって辞めてしまったそうである。

とても不便だったよとIさんは言った。

「怖いというより不便だったんだよ。一人になってしまったからね。まあ、私としては多少妙なことがあってもね、命を取られる訳でもないし、別に怖いとも思わなかったのさ。鈍感なのかもしれないが、まあ普段通りにしていた訳だな。傑然としていたというのとは少し違うんだが――」

十六日目にぴたりと怪事は止んだ。

「化物も退屈したんだろうね」

Iさんは当たり前のようにそう言った。

Kさんは、Iさんの口調があまりにも普通だったので、却ってIさんの話が信じられなかったそうである。

適当な作り話をしてKさんを担いでいるのではないかと、そう思ったのだそうだ。

そもそも――すべてを事実としたところで、相撲取りが死んでしまったことと屋敷で起きた怪事とやらに因果関係があるとは思えない。

また、それらの出来ごとが引馬山の一件に端を発したものなのかどうかもはっきりしない。

「いや、それは間違いなく山を荒らしたからなんだよ」

Iさんは訝しそうにしているKさんに向けてそう言った。

十六日目――丁度怪事が止んだ日に、どこからともなく声が聞こえて来たんだとIさんは言った。

「我は三本五郎左衛門、さてさて気丈な男よな——と、声はそう言ったんだよ」

それは引馬山にいると伝えられる化物の名前である。

「まあ、あれは恐れ入ったというより呆れたような声だったね。それでぷっつり何も起きなくなった。はっきり三本と名乗っているんだよ。だからね、化物はいるんだ。でも力で退治出来るようなものじゃない。寧ろ根比べなんだな。どうにも思わなきゃ怖いことなんかないのさ。我慢していれば、別にどうということはない——」

角力には悪いことをしたと思うけれどね、あれは我慢出来なかったのだろうと言った後、Iさんは一瞬黙って、それから顔を顰めた。

「ただ——座敷の中に糞尿を撒かれたのには閉口したなあ。臭いし汚いし、掃除するにも私一人だしね。あの強烈な臭いは堪え切れなかったなあ」

それそこの座敷だよと言って、Iさんは次の間を指差した。

「今はもう臭わないだろう？」

勿論臭いはしませんでしたが——とKさんは苦笑した。

藝州 引馬山妖怪の事（耳嚢巻之五）

藝州ひくま山の内不立入所有。七尺程の五輪に地水火風空と記し、三本五郎左衞門と言へる妖怪有りと語り傳へしを、稲生武太夫といへる剛氣の武士ありしが、兼て懇意に成しける角力取と、「何か今の代に怪事あるべき。いでや右引馬山の魔所へ行て酒呑ん」と、さゝへを持て終日呑くらし歸りけるが、角力取は三日程過て子細は知らず相果ぬ。武太夫かたへも朔日より十六日まで毎夜怪異ありて、家僕迄も暇を取退しが、右武太夫聊心にかけず傑然としてありしが、十六日目に妖怪も退屈やしけん、「さて〳〵氣丈なる男かな。我は三本五郎左衞門」と云ひて、其後は怪異も無りしが、「中にも絶がたりしは、座舗内へ糞土をまきしや、甚嗅く不浄なるには困りし」由。右武太夫方に寄宿なしける小林専助といふもの、今は松平豊前守家來にてありしが、右専助に聞しと語りぬ。

何故に虻

Bさんが葛西あたり（東京都江戸川区）に釣に行った時の話。

釣好きのBさんは、その日も機嫌良く釣り糸を垂れていた。

すると、虫が一匹飛んで来た。

蝿かと思ってよく見てみれば、虻である。

おや、虻だ、刺されたら嫌だな——などと思って観察していると、また別の虻が飛んで来る。

そうこうしているうちに虻は次から次へと飛んで来て、釣り竿やら魚籠やらにどんどん集る。魚はまだ釣れていなかったし、いったい何に魅かれて集まってくるものか、Bさんにはさっぱり判らなかった。

そのうち、虻は夥しい数になった。

数が数であるし、下手に追ったりすると刺されてしまう。だからじっとしているしかないのだが、こうなると釣に集中することなど出来ない。

Bさんは辟易した。

身動き出来ずにいると、丁度傍にいた老婆がやれやれといった感じで近寄って来て、

「おやまあ、どこかこの辺りに人魂が落ちたんだろうのう」

と言った。

Bさんが呆気にとられていると老婆は、

「人魂が落ちると虻が沢山集まるのだよ」

と、続けた。

解らない。

まず、人魂が落ちる、というのがわからない。

Bさんは人魂など見たことがなかったし、鬼火だの狐火だのとどう違うのかも知らなかった。ただ、人魂といえば人間の魂、霊魂のようなもののことだろう。

それくらいはBさんにも判る。それが死後に抜けるのか、生きているうちでも抜けるものなのか、その辺りのことは不確かなのだが、霊魂であるなら質量のない、光かエネルギーのようなものと考えるのが普通ではないのか。

慥かに絵で見る人魂は丸い玉のようなもので、長く細い尾がついており、ふわふわと浮遊している。

飛んでいるのだから落ちることもあるのかもしれないが、それにしたって、落ちたから虫が寄ってくるというのは——理屈が通らない。

何が何だかさっぱり解りませんとBさんは言った。少しおかしい婆さんが適当なことを言っただけだろうと、Bさんはそう思ったのだそうだ。

ところが。

その話を聞いたCさんは、神妙な顔で、

「そのお婆さんの言ったことは本当ですよ」

と言った。

Cさんは人魂を見たことがあるのだという。

しかもその人魂は、落ち、た、のだそうだ。

Cさんが人魂を見たのも、やはり釣に行った折りのことだったそうだ。

その時Cさんは、早朝まだ暗いうちに川べりに出た。

ポイントを決め、用意をしていると——。

ふわり、と光が飛ぶのが見えた。

絵で見る人魂と同じような形の、尾を引いて飛ぶ発光体だったそうだが、Cさんはすぐに人魂とは思わなかったそうである。

ハッと思って、Cさんはその光を目で追った。

光はすっと移動して、草むらに落下した。

「いったいあれは何だ？　何が光っていたんだ？　落ちたのはどんなモノなんだ？」

人魂だなどと思っていなかったCさんは酷く興味を持ち、発光体が落下した場所に駆けて行って、草を掻き分けて落下物を探した。

それらしきものはすぐに見つかった。

泡——だったのだそうである。

それが落ちた処は泡立っていて、何とも言えぬ臭気が漂っていた。

不可解なこともあるものだと思い、Cさんは暫くその泡を観察していた。

するとその泡は、やがてすべて虻となって飛び上がり、方方に散り去ってしまったそうである。

しかるにあれは人の魂でしたかと言って、Cさんは時間を置いて震えた。

何故虻なのかは、結局何の説明も出来ていないのだが。

人魂の事（耳嚢巻之六）

或人、葛西とやらへ釣に出しに、釣竿其外へ夥しく蚋といへる蟲の立集りしを、かたへに有りし老婆のいへる、「此邊へ人魂の落しならん。夫故に此むしの多く集りぬる」といひしを、豫が知れるもの、是もまた拂曉に出て釣をせしが、人魂の飛來りてあたりなる草むらの内へ落ぬ。「如何なるものや落し」と、其所へ至り草抔騒〔掻〕分見しに、淡だちたる者ありて臭氣も有りしが、間もなく蚋と成りて飛散りしよし。老婆の云ひしも僞ならずと、語ぬるなり。

小さな指

御徒を勤めるFさんは、ある日激しい頭痛に襲われた。

Fさんは日頃から軽い頭痛持ちではあったのだが、その日の頭痛は格別で、まさに頭が割れるようなという表現通りの、それは酷い痛みようだった。

しかもいつまでも治まらない。

膏薬を貼っても、冷やしても、一向に効き目がない。

縦になっても横になっても痛い。眠ることすら出来ない。

これは——堪らない。

懊悩しているところに知人のJさんが訪ねて来た。

JさんはFさんのあまりの苦しみように驚き、かつ心配した。

そしてJさんは改まって、

「君は浅草田圃にある妙祐山幸龍寺というお寺を知っているかい?」

とFさんに尋ねた。

Fさんは浅草などには縁もなかったし、信心深くもなかったから、そんな寺は知らなかった。

Fさんが知らないと答えると、是非行ったほうがいいとJさんは言った。

頭痛だから寺に行けというのは意味不明である。

理由を尋くと、Jさんは次のような説明をしてくれた。

その寺の境内に、柏原明神という小さな神社があるのだそうだ。見た目は何ということもない神社ではあるのだが、これが祈って叶わぬことはないとまで謂われる、大いに霊験灼かな神社なのだという。

ただ、何でもかんでも願えば叶うという訳ではない。

柏原明神の御利益はピンポイントで絶大なのだそうだ。

その神威は頭痛に効くのだというのである。

頭痛平癒に関していうならば、柏原明神は抜群の霊験を現すのだそうである。頭痛に悩まされている者がここに祈願するなら、その効果は覿面で、どのような重い頭痛も必ず治るのだという。

それは大層な評判だよとJさんは言った。

だから——。

「君もそこにお参りするといい。祈願すれば必ず効き目がある筈だ」

Jさんは真剣に勧めてくれた。

それは――慥かに有り難い話ではあったのだけれど、何より起き上がることが出来ない。体を動かしただけで気が遠くなる程痛む。

とても浅草まで行くことは不可能である。

それもそうだなあと言って、Jさんは暫し考えた。

そして、

「相当に辛そうだなあ。その様子じゃあ参詣するのは無理だろうね。しかしそこまで酷いなら、余計放ってはおけない。そうだ、僕が君の代わりにお参りに行ってあげよう」

と言った。

Fさんは、Jさんが Fさんの身を案じてくれるその気持ちこそ有り難かったのだけれど、素直に代参を頼むことも出来なかった。

そもそも神仏祈願で病気が治るということですら、Fさんには信じ難いことだった。薬も医者も治せないものがお祈りしただけで治るとは思えない。百歩譲って、その霊験だか御利益だかがあるのだとしても、それも自ら参ってこそのものだろう。代わりにお参りをして貰ったりしたのでは効き目はあるまい。

霊験とやらがあるのだとすれば、それは言わば気の所為――なのだ。治る治ると信じ込むから、身体が騙されるのだろう。

他人頼み（ひとだの）では意味がないようにも思えた。

Ｆさんの気持ちを察したのか、Ｊさんは諭すように言った。

「代参というのは昔からあるもんなんだ。要するに大切なのは君の信仰心だよ。僕はあくまで君の代理でお参りするだけだ。君に信心があれば、何処にいたって必ず御利益はあるものさ。いいか、僕が願を掛けて来るから、君は頭痛を治してください、健康になりたいと、ここで真剣に祈ることだよ」

なる程そうかと、Ｆさんは納得した。

その神様を心底信じることは難しいけれども、この友人の言葉を信じることが出来れば慥かに少しは楽になる。要するに自分を騙すことに変わりはないのだ。

まさに病は気からという訳である。

Ｊさんは任せてくれと言い残して、早早に浅草に向け出発した。その後ろ姿を見送ったＦさんは、有り難いとは思ったけれど、やはり心底信じることは出来ないな――とも思った。

何しろ頭痛は益々（ますます）酷くなる一方だったのである。

枕に頭を宛てがい苦痛に耐えて横たわっているうち、睡眠不足も手伝って、Ｆさんの意識は朦朧（もうろう）として来た。どのくらいそうしていたかＦさんには判らないのだが、やがてＦさんはすっと気を失った。眠るというより、意識を失ったという感じだった。

いや。

意識を失ったというのも違うかもしれない。何故なら、Fさんにはその間の記憶があるからだ。

眠っていたならそれは夢、ということになるかもしれない。しかし、Fさんは眠っていた訳でもないのである。ただ、正常な判断力がなかったことは間違いないし、身体の自由が利かなかったことも間違いない。

体の状態としては、失神していたということになるだろう。

でも、Fさんは何故かその間のことを覚えているのである。

猿が来た。

小猿が二匹、何処からともなく現れて、Fさんの頭を叩いたり、揉んだり摩ったりした。しかも、痛む部分を中心に刺激をする。猿の小さな指が触れる度、何やら痛みが遠退くような感じがする。

揉まれると、この上なく気持ちが良い。喩えようもない程に心地好い。

「これは——言葉に出来ない程の、極楽のような心持ちだ」

と、Fさんは夢うつつで思った。小さな二十本の指が次々と患部を癒して行く。

やがて、す、っと頭痛が止まった。途端に目が覚めた。

起き上がると実に爽快な気分である。

頭痛は全快したようだった。

しかし——。

立ち上がって部屋を見廻してみたが、猿などいない。

戸締まりもされているし、獣が入り込んだような形跡もまったくない。

いや——。

猿などいる筈がないじゃないか。

Fさんは思い直した。

猿が忍び込んでマッサージをして去るなどという非常識な事態は、どう考えてもあり得ないことである。縦んば野猿が室内に侵入してきたのだとしても、そんなことは絶対にしない。幻覚か、やはり夢としか思えない。そうだとして。

だいたい何で猿なのだ？

Fさんが不思議な夢を見たものだなどと思っていると、代参を済ませたJさんが浅草から帰って来た。

Fさんは厚く礼を述べた。頭痛が治ったのは偶然だろう。しかし、たとえ偶然だったとしても治ったことに違いはないし、Jさんの気持ちはとてもありがたい。

Jさんは Fさんの様子を見て大いに喜び、

「いやあ、快くなって良かった良かった。僕も、そりゃあ熱心に願掛けをして来たからね、効き目があったんだろうね。ま、僕はあくまで代参だ。何といっても君自身の信心の賜物だよ」

と言った。

Fさんは困ってしまい、正直に心情を述べた。
実を言うなら自分は心からその神社の霊験を信じていた訳ではない、半信半疑という
よりも、寧ろ信じてはいなかった、ただJさんの親切心には心から感謝している——。
そう説明した。
そして、幻覚の猿の話をした。
治してくれたのは神様じゃなくて、夢の中の猿だったんだ——と告げたのである。
途端にJさんの顔色が変わった。
「君の話を聞くまで気に掛けてもいなかったが、その神社には猿の描かれた額が、沢山
飾ってあったんだ」
その猿は神様の使いだよとJさんは興奮して言った。
Fさんは——。
ただ茫然として自分の頭を触った。
小さな指の感触が少し残っていた。

頭痛の神の事（耳嚢巻之十）

浅草反甫幸龍寺といふ寺に、柏原明神といふ神社有り。頭痛を愁ふる者是を祈るに、其祈願不叶事なし。御徒勤る某、頭痛を憂ふ事あり。或日強く發りて腦〔惱〕みける折節、知音のもの來りて、「頭痛には右の神社へ祈願すべし。御身かくなやみぬれば、參詣はなるまじ。我等代參して願を可掛間、信心あれ」と、さとして立出けるが、頭痛をうれふるおのこ、絶がたさに枕とりて轉寢なしけるが、思はず眠りしに、小猿二疋來りて頭痛を打もみ抔せし、「其心持よき事云ふ斗なし」と、夢心に思ひしが、頭痛全快して目覺ける頃、彼代參を頼みし男來りける故、起出て其禮を述ければ、「厚く願かけぬれば快かるべし」といひし故、夢中の譯を語りけるに、彼男大に驚き、「不思議なる哉。是迄は我等も心附ざりしが、社頭に夥しく猿の額あれば、全神使の來りて御身の病ひをいやせしならん」と、倶に驚嘆なしけると也。

可愛がるから

東照宮の修復工事があると、江戸から大勢の役人が日光に赴任することになる。御徒目付のHさんもその中の一人だった。以下の話は、そのHさんが日光赴任中に聞き、現地の知人に伝えたものである。

日光奉行組の同心であるSさんの奥さんは、若い頃から自他ともに認める大の猫好きだった。

捨て猫を拾って来たり、他家から分けて貰ったりして、三匹でも四匹でも飼う。しかも文字通り猫可愛がりをする。捨てたり追い出したりしないから、猫の数はどんどん増えた。

家猫がいると鼠こそいなくなるが、家屋も傷むし、臭いなどもする。近所にも迷惑をかける。

また、それだけ多いと世話も大変だし、餌代も莫迦にならない。

それでもSさんは、奥さんに猫を飼うなとは言わなかった。

奥さんが心底猫好きであることをSさんはよく知っていた。元来虚弱体質で子供もいなかったSさんの奥さんは、猫だけが生き甲斐だったのだ。

そんな奥さんから猫を取り上げることは、Sさんには出来なかった。

せめて一匹にして貰えという声もあったのだけれど、モノと違って生き物の場合はそうも行かなかった。傍から見れば猫などみな一緒なのだが、飼い始めてみるとそれぞれ個性があって、一匹一匹皆違っている。情も移る。そうなってみると、これを捨てろこれを残せとは言いにくい。

結局Sさんの屋敷は猫だらけになってしまった。

それでもSさんは奥さんを責めることをせず、寧ろ猫たちを可愛がるように心掛けていた。世話もマメにした。Sさんも元来動物が嫌いな訳ではなかったから、それ程苦にはならなかった。

ところが。

ある年、冬を迎えた時分から、奥さんの様子が変になった。

奥さんは数年前にどこともなく患いつき、それ以来数年の間、ずっと寝たり起きたりの思わしくない状態ではあったのだが、それが急激に悪化したのである。

寒さが増すにつれて容体は悪くなった。

とはいうものの、Sさんの奥さんは元々体のどこが悪いのか良く判らないのだった。

気が塞ぐ、起きられない、動けない、眩暈がする――要するに鬱病のようなものだったのかもしれない。

症状はあれこれとあるのだが原因が判らないから、その場凌ぎの対症療法しか出来ない。

結局完治はしない。

そんなだから、容体が悪化しても手の施しようがなかったのである。

年が明ける頃には、もう相当にいけなくなってしまった。

いや。

病気が重くなったというよりも――奥さんは際立って変になってしまったのである。

最初に気づいたのは看病人のLさんだった。

ある時、Lさんが話し掛けた際、奥さんは、

「にゃあ」

と答えた。

Lさんはぞっとしたそうだ。

見れば仕草もどことなく猫っぽい。

猫っぽいというより、明らかに猫の真似をしている。

巫山戯ているのかと思った。しかし、巫山戯ているという確信も持てない。

もしも巫山戯ていないのだとしたら、確実に正気は失われている。Lさんの見る限り奥さんの眼は正気を失っているというよりも、動物のそれだった。

奥さんの猫ぶりは日増しにその度合いを増して行き、やがて奥さんはすっかり猫に成りきってしまった。

春先になると、何故か奥さんに食欲が出て来た。

病気が治った訳ではなく、単に食事を多く摂るようになったのである。

しかも、猫のように喰う。食器に口をつけ、手を使わずに貪り喰うのである。

これにはLさんも困ってしまった。

勿論伴侶であるSさんもほとほと参ってしまった。

「いずれにしても、これは何かが取り憑いているんだろう」

皆そう言った。そうとしか考えられないと、Lさんも思ったそうだ。

そこでSさんは仕方なく僧侶などを大勢呼び、大々的に加持祈禱などを執り行った。

Sさんも Lさんも奥さんの奇行が治まるようにと一心不乱に祈ったのだが、いっこうに効き目はなかった。

Sさんの奥さんは猫に囲まれて、猫になってしまったのである。

Sさんは、仮令おかしくとも命がなくなる訳ではない、生きてさえいればいつかは癒える時も来るだろうと、そう思うことにしたと、Lさんに語ったそうである。

そんなある時。

猫の筈の奥さんが、人語を発した。

「私は、八年前に死んだ猫です」

まさに口走った、という感じだった。

奥さんはすぐにただの猫に戻った。Lさんがそのことを報告すると、Sさんは実に不可解だという顔をした。

そして、

「そんな莫迦なことはないだろう。君の聞き違いではないのか？」

と、Lさんに問い質した。

しかしLさんははっきり聞いている。

Lさんは疑われるのは心外と思ったようだ。

「そんな莫迦なと仰いますが、旦那様はどのような点がご不審なのでしょう。けだものが人間に取り憑くことなどあり得ない、という意味なのでしょうか。それとも、以前お加持などした際も落ちなかったものだから、それでご不審に思われているのでしょうか？」

Lさんが尋き返すと、Sさんは首を振った。

「そうではないのだ。あの様子を見る限り、やはり妻には何かが取り憑いているのだろうと、私も思っている。高僧に加持をして戴いても落ちぬ程、強く性質の悪い憑き物というのもあるだろうと思う。それに、君のことを疑っている訳でもないのだ」

ただ――と言ってからSさんは言葉を澱ませ、やがて、

「その、八年前に死んだ猫だと、妻は――いや妻に憑いているモノは、慥かにそう言ったのだね？」

と問うた。

Lさんが、奥様は間違いなくそう仰いましたと答えると、Sさんはそれが納得出来ないのだよと言った。

「その猫は、数多いる猫の中でも妻が一番可愛がっていた猫なのだよ。長く飼っていたから子供も沢山産んだしね、何よりも、最期まで看取ってやった猫だからね。死ぬまで飼ってやった猫がそんなことをするだろうか。あの猫が妻に悪さをするなど、私には考えられないのだ」

そう言うと、Sさんは奥さんの寝所に向かった。

どう考えても納得の行く話ではない。恩返しをするなり、災厄から護ってくれるというなら解るが、悪さをされる謂れなどまるでない。甚だ合点が行かないというSさんの言い分も、尤もである。

Sさんは、暫く寝所で奥さんと話をしていたようだった。

――果たしてあの奥さんと会話が出来るものだろうか。

Lさんはそう訝しみ、かつ案じて、恐る恐る様子を窺いに行ってみた。

すると襖が開き、顔面蒼白になったSさんが出て来た。

Sさんは、思い詰めたような顔で、

「もうふっきれた」

と決然として言った。

Lさんには何のことかまったく解らなかった。

その日のうちにSさんは日光の社家を頼み、邪気祓いの蟇目（ひきめ）の呪法（じゅほう）を厳（おごそ）かに執り行った。徹底的に行った所為（せい）か、今度は流石（さすが）の化け猫も離れたらしく、奥さんは漸（よう）く正気に戻った。

でも。

奥さんは結局、それから三日目に呆気（あっけ）なく亡くなった。

死ぬ前に奥さんは、自分に取り憑いた猫は庭に埋めてあるから、川に流してくださいと言い残した。庭を掘ってみると、布で包まれた猫の死骸（しがい）が出てきた。八年も経っているのに、どういう訳かその死骸は腐っておらず、まるで二三日前に死んだような具合であった。明らかに化け猫である。

Sさんは遺言どおり死骸を川に流した。

それだけでなく、Sさんはその猫の子や孫も、貰ったり拾ったりした多くの猫も、一匹残らず捨てて来るようにLさんたち使用人に言いつけた。

思い切ったことをするものだ——とLさんは思った。

慥かに、奥さんに取り憑き、揚げ句（あげく）殺してしまった化け猫は憎い。

でも他の猫に罪はあるまい。

捨てたりしたらそれこそ怨むのではないか。猫が人に憑いて悪さをするということが判った以上、あまり非情な真似はしないほうが身のためである。

そう思ったから、Lさんは生まれたばかりの子猫だけでも残したらどうかと、Sさんに進言した。

Sさんはそれも親猫ともども捨てろと言った。

Lさんには意外な返答だった。亡くなった奥さん程ではないにしろ、Sさんもそれなりに猫たちを可愛がっていたのである。奥さんが病みついてからは主にSさんが世話をしていたのだし、最近では情も涌き、抱いたり膝に乗せたりもしていたくらいなのだ。

そこで、LさんはSさんに真情を問うてみた。

するとSさんは顔を歪ませ、

「情があるから捨てるのだよ」

と、淋しそうに言った。

Lさんはそれこそ意味が解らなかった。

「解らないかね？」

SさんはLさんに一度そう問うてから、では話してあげようと言って、寝所での奥さんとの――いや、猫との会話の内容を、Lさんに教えてくれた。

あの時。

Sさんが襖を開けると、奥さんは蒲団の上に猫のような格好で蹲っていたのだそうだ。奥さんはSさんを見ると、

「にゃあ」

と鳴いたという。Sさんは、お前は八年前に死んだ何何かと、死んだ猫の名前を呼んだ。

奥さんは、いや猫は、

「そうです」

と、答えた。そこで、Sさんは大いに怒ったのだそうだ。

「死ぬまで飼ってやった恩を忘れ、このように主に仇なすような行いをするとは――私にはお前の気持ちが知れない」

Sさんが語気を荒らげると、猫はか細い声でこう答えた。

「私は老いて死んだのではありません。犬に嚙まれて死にました。死骸は庭に埋められました。私は多くの子を産んだ。産んだ子を育て上げずに死ぬことになったのです。ですから――」

未練があるのは解らないでもないが――とSさんは猫の繰り言を遮った。

「だが、お前の産んだ子猫は、お前が取り憑いているその妻が、お前に代わって大切に慈しみ、立派に育て上げたんだぞ。一匹たりとも死なせてはおらんし、この家の中で健やかに暮らしているじゃないか」

存じておりますと猫は言った。

「現在この家で飼われている猫も、みんな私が産んだ猫。だからこそ私は他所に行けない。子や孫に囲まれて暮らせるのだから、余計に私はこの家を離れられないのです」

慥かに猫は家につくモノという。だが。

「死して猫この家を離れられないというのなら、それも構うまい。だが、だからといって妻に取り憑くという心根が解らん。私や妻を苦しめるのは何故だ。どうして妻に取り憑くのだ。その理由を言え」

Sさんは問い詰めた。

すると猫はひと言、

「この人が――あんまり可愛がるから」

と言った。

Sさんはその言葉を聞いて、絶句した。

そしてふっきった、のである。

「怨みや憎しみは晴らせるが、これぱっかりはどうしようもないだろう」

Sさんはそう言った。

Lさんはすべての猫を捨てることに同意した。

猫の怪の事（耳嚢巻之九）

文化十一年、日光に御修復ありて、江戸より役人大勢彼地に至りしが、御徒目付なりける梶川平次郎より御當地の知音へ申越候由。日光奉行組同心山中佐四郎〔妻〕儀、常々猫を好み三つ四つも飼置しが、一兩年以前病氣ぶら〳〵と煩ひ候處、去冬已來甚重く、猫の眞似抔致候處次第に募り、當春は食事致候も猫同様にて、病氣に似つかず食事も多く給、看病人も困り、「何れ取付居候もの可有之」と、加持祈禱いたしけれど聊印なし。或時「八年已前死候猫取付候」趣、病人口走りける故、左四郎大に怒り、「飼殺しにせし猫の取付などと申儀、甚不得其意」と叱り候處、「餘りに愛し給ふ故離れ兼候儀、既に飼置給ふ猫も皆愛し給ふ猫の子なれば、一しほ離れがたき」と、右病人申ける故、無據日光の社家を頼み、蟇目執行しければ右猫離れけるが、三日目に病人も身まかりし由。右蟇目の節、病人申けるは、

「右猫の死骸庭にいけ有之、犬に喰はれ死せしを菰につゝみ右庭に埋有之間、掘出し川へ流し呉よ」といゝしまゝ、爲掘見しに、八年以前に埋し猫の死骸、格別に變じ候事も無かりしを、早速川へ流し捨しが、左四郎許にありし右猫の子も、或ひは貰ひ候て飼たりしものも不殘捨しと、まのあたり見聞せしもの、物語りしとや。

やや薄い

申年というから、一昨年のことである。

馬道で茶屋を営んでいるBさんは、用向きがあって深川に出向いたのだそうだ。

すっかり用事を済ませた頃、周囲はもう暗くなっており、Bさんは足早に帰路を急いでいた。

すると。

霊岸寺というお寺の門前に差しかかった辺りで、突然怪しい火が燈った。

鬼火というのか、陰火というのか、そうしたことに詳しくないBさんにはよく判らなかったのだが、兎に角赤い火と青い火が二つばかり、ぱっと燈って、すぐに消えた。

――眼の迷いか、何かを見間違えたか。

Bさんは肝の据わった男だったから、取り分け怖がったりもせずそのまま進んだ。

寺の外れま出来て、愈々通り過ぎようとした時——今度はBさんを呼び止める声が聞こえた。

若い女の声だった。

何か落としたかと振り返り、少し戻ると、塀の前に女が立っている。通り過ぎた時は気がつかなかったから少し妙だとは思ったのだが、実際にいることは慥かなので、Bさんは女に近づき、何かご用でしょうかと問うた。

女はこう言った。

「私は赤坂に住む与力、Nの妻でございます。先日病死いたしまして、この寺に埋葬されました」

「はあ？」

言っている意味がよく解りませんが、とBさんは答えた。聞き間違いか、そうでなければアブナイ女としか思えない。女は怪訝そうにしているBさんの様子を見ても物怖じせず、お話を聞いてくださいませと言った。

——何故俺に？

Bさんは強くそう思ったのだが、ここは温順しく聞いておいて、適当にあしらったほうが身のためかとも思った。本当にアブナイ女であれば、粗略に扱ったりするのは危険である。邪険に追い払ったりしたなら、逆に酷い目に遭わされ兼ねない。

女はこう続けた。

「私の死後、夫は再婚したのですが、その後妻というのが大変に嫉妬深い女でございまして、私も大いに困っております。このままでは成仏出来ませんもので」

嫉妬しているのはこの女のほうじゃないかとBさんは思った。

――これはたぶん狂言だ。

Bさんは急に冷めた。たぶん亭主を寝盗られたか離縁されたかした女が、夫の新しい女を嫉んで死んだふりでもして脅かそうという魂胆なのだろう。嫌がらせである。

――そうでなければ。

この女がほんとうに死んでいるなら。

つまり、幽霊であると仮定するならば――。

この女は夫が再婚したことにやきもちを妬いていて、そのせいであの世に行くに行けない、と言っていることになる。死んでまで嫉むとは未練がましいことよとBさんは思った。

「見ず知らずのあなた様に対し、まことに不躾なお願いかとは存じますが、主人にその旨、お伝えいただけませんでしょうか」

女はそう結んで深々と頭を下げたが、気がつくといなくなっていた。

正直消えてしまった訳だが、消えたとは思わなかった。

Bさんは考えた。

どうということはない痴話喧嘩である。

いや、痴話喧嘩だとしても常軌を逸した遣り口だ。放っておいても構わないようなものだが、顔も見られているし、気持ちが悪い。アブナイ女に逆恨みでもされては堪らない。

そう考えてBさんは、まあ序でだとばかり赤坂まで出向き、Nという与力の家を探し出して面会を申し入れた。

しかしBさんは不審がられて、中中会っては貰えなかった。

後になって考えてみれば非常識な話である。夜中に武家屋敷を訪問する町人などいないだろう。そうでなくても、まったく面識のない赤の他人が突然やって来て会いたいと言ったところで、ほいほい会ってくれる者などいない。Bさん自身がアブナイ人と思われたのでは遣り切れない。

しかしBさんはそこを曲げてと頼み込んだ。

やがて渋面を作ったNさんが現れ、Bさんは先程の女の伝言を語った。

Nさんは驚きもせず、慌てもせず、ただ暗い顔をして、

「お恥ずかしい話だが、後妻の嫉妬深いのには私も閉口しております。あれは——少少異常です」

と言った。

Bさんは再び首を傾げた。何だか話が嚙み合わない。この与力もアブナイのかと、Bさんは不安になってしまった。

先妻が本当に死んでいるなら、伝言をしたのは幽霊ということになる。幽霊が出たというなら普通もっと驚くのではないか。それに、やはりどう考えても嫉妬深いのは先妻のほうである。少少異常なのはお前さんじゃないのかと、Bさんは心密かに思った。

しかしNさんは、見たところ礼儀正しいごく普通の武士である。話がちぐはぐなところを除けば接客態度もまともなものだった。Bさんが対応に苦慮しているとNさんは頭を下げ、

「亡妻からの伝言など引き受けていただき、忝ないことでございます」

と、丁寧に感謝の意を述べ礼をした。

亡妻というのだから、まあ前の奥さんは死んでいるのだろうが、それにしたって釈然としない。釈然とはしないものの、それならそれでいいでしょうとすべてを肚に収め、Bさんは Nさん宅を辞した。

暫くして。

Bさんは再び深川に用事が出来た。

やはり帰り道は夜半になり、Bさんは再度霊岸寺の前の暗い道を通った。その時までBさんは過日の奇妙な出来ごとをすっかり忘れていたのだが、同時刻に同じ場所に来た所為か、その日のことをふと思い出した。

そういえば門の辺りに怪しい火が燈ったのだなと、前回火が出た辺りを見廻してもみたが、この度は何も出る気配がなかった。

妙なこともあったものだと鷹揚に構えて歩いていると――。

突然呼び掛ける声が聞こえた。

前回と同じく、寺の塀が終わりかける辺りである。やれやれと思って振り返ると。

あの女がいた。

いたのだが、少し薄い。

女は薄紙に描いた絵を陽に透かしたように透けていた。

暗くて見え難いという訳ではない。

そうだとすればそもそも何も見えない暗さである。

明かりで照らさずとも女は見えた。いや、うっすらと、幽かに見えていた。

「先だっては見ず知らずのあなた様にいきなり伝言などお頼みいたしまして、本当に申し訳ございませんでした。また、こんな私の言葉を夫に伝えて戴き、重ねてお礼を申し上げます」

そう言うと女はまた深深と頭を下げ、

「お蔭様であの嫉妬深い後妻も死にました。私も障害がなくなりましたもので、成仏することが出来そうでございます」

そう言った。Bさんは何も答えなかった。

女がそのまま薄まって消えたのか、それとも何処かへ行ってしまったのか、果たしてどうなったのかBさんは覚えていない。気がつくと誰もいなかったのだそうである。

Bさんは呆気にとられたものの怖いとは思わなかった。

だが、やはり釈然としない気持ちに変わりはなかったので、後日Nさんの家を訪ね事情を尋いてみることにした。

事実、後妻は死んでいた。

でも。

あの女が死霊で、新しい奥さんを祟り殺したとかいう筋書きの話であったのだとしても――その場合Bさんの役割が判らない。死霊なら勝手に祟れば済むことである。

Nさんは少し違うのです――と言った。

「前妻は祟ったのではないのです。先日死んだ後妻は本当に嫉妬深い女でして、驚いたことに死んだ前の妻の位牌にまで嫉妬したのです。恐ろしい嫉み女だったんです」

Nさんの語った事情というのは次のようなものだった。

ある日、その後妻はNさんにどうしても位牌が欲しいと願い出たのだそうだ。位牌などどうするのだとNさんが問い質しても答えず、欲しい欲しいの一点張りだったそうである。

あまり執拗いのでNさんが好きにしなさいと適当に答えると、後妻は前妻の位牌を仏壇から取り出し、薪割りの鉈で粉微塵に粉砕してしまったのだという。

「いやはや、死霊よりも恐ろしかった。前妻はその所為で成仏出来ないと言っていたのでしょう」

Nさんは複雑な表情でそう言った。

なる程嫉妬に狂ったアブナイ女は後妻のほうだった訳である。そしてBさんが二度ばかり会った前妻のほうは——幽霊だったということになる。

「幽霊というのは、あれは幽かだから幽霊というんですかね——」

怖くはないが少し薄いんですよと、Bさんは結んだ。

赤阪與力の妻亡靈の事（耳囊卷之九）

去々中年の事よし。馬道に茶屋商賣のもの、深川へ用事有て、夜に入靈岸寺の前を通りしに、赤青の陰火二つ見へしがはつと消けれど、心丈夫なる男故、右寺のはづれ迄何心なく行しに、若き女の聲にて呼かけし故立戻ぬれば、「我は赤坂何某といへる與力の妻なるが、病死に付當寺へ葬式なしけるが、後妻を呼迎へ候處、右後妻甚嫉妬つよく、依之此者も成佛成兼候間、何とぞ右之譯夫に傳へ給はり候樣」申捨、かき消すやうに失ぬる故、夫なりとおもひけれ共、「つたへづば如何成事に逢はんも不知」と、赤坂邊へ參りし折から右與力の許へ案内なし、面會之儀申入けれど、終に知人にも無之事故斷けれど、強て申入れければ逢ける故、しかぐ〵のよし語りければ、彼與力答へけるは、「其後妻の儀は甚疾妬つよく、我等も困り果候」よしにて、「亡靈の傳へ辱」と謝禮なし、則立別れぬる。其後又深川へ用事有りて、夜に入靈岸寺前を通りしに、此度は陰火は見えず、呼掛候者有之故立留り候處、彷彿と女の姿の立顕れ、「先達ての事、言傳給りし事の忝さ、右後妻も相果、今は我身にさわりなく得脱の身と成りし」と、禮を述ける故、不思議の事とおもひ、彼の與力の許へ至りて承りしに、彼與力申けるは、「後妻相果候得共、一所に寺へ葬りなば事六ケ敷と、里方の寺へ送りし」由、「右後婦は妬心の甚しき者にて、或時我等へ願ひ有りと言ひし故、何事ぞと尋し處、何卒先妻の位牌を我に給はり候へと言ふに、いか成事哉と尋しに、強て申故、心に任せ申と等閑に答ければ、やがて右位牌を片陰へ持行、薪割を以微塵に打砕きけるが、其跡より煩ひ付て相果し。恐ろしき妬女也」とかたりぬ。

あっちも

K君から聞いた話である。

K君の家来の細君が、何かに取り憑かれたのだそうである。

その細君というのは病気に罹り、療養のために実家に帰っていたのだそうだ。

病気自体はそれ程重いものではなかったようだが、中中全快はせず、療養はそれなりに長引いていたらしい。

ある日、病の床の細君が突然妙なことを口走り始めた。

「夫が浮気している」

細君は、まず実家の者にそう言った。家族は驚いた。浮気の事実があるのかどうかは兎も角として、実家の床に臥せっている娘に旦那の素行が判る訳もない。たぶん長患いで気が弱くなっているのだろうと、家人は娘を諌めた。

ところが。

「夫は私を見捨てたんだ。そもそも実家に帰れと言ったのだって、優しさから出た言葉ではないんだ。私を目にするのが不愉快だ、私のことが不快だと追い返したのだ。それだって、あの女の差し金なんだ」

娘はそんなことを言った。

そして激しく怨んで泣いたり、怒って怒鳴ったり、暴れたりした。

「それがねえ、まったく濡れ衣なんだよ。笑っちゃうような話なんだが——」

K君の話だと、その亭主は潔白なのだそうである。

取り分け好色という訳でもなく、寧ろ逞しい硬派の武士で、しかもその細君というのも大層な美人で評判だったのだそうだ。

「いや、だからね、あいつは奥さんに惚れているに決まってるんだよ。自慢の女房なんだ。だからこそ大事を取って里に返したんだろうよ。硬派だが亭主関白ということもなく、かといって恐妻家ということもなかったようだし、夫婦仲はいたって良かったからね、あいつに限って鬼のいぬ間の何とやらというのは、ないと思うんだがな——」

とはいうものの。

話を聞いた亭主が駆けつけて釈明をしても、奥さんは一切聞き入れる様子がなかったという。兎に角、奥さんの様子は尋常なものではなく、とても普通の病気とは思えなかったそうである。

「まあ、好きな亭主から離されて、淋しさが募って疑心暗鬼になり、あれこれ妄想するうちにその妄想を信じ込んでしまった、その結果――なのだろうが、まあ、それだけなら犬も喰わないというヤツさ。ただ、少々深刻なのは、病気が長引いたために本当におかしくなってしまったということだな」

普通はそう考えるだろう、そう考えるしかあるまいよ――と、K君は実に思わせ振りに言った。

「いや、根拠のない嫉妬に狂って、その果てに精神にまで異常を来してしまったと、そう考えるのが普通なんだろうけどね。これがまた、ややこしい話でね」

その奥さんは浮気相手の女を名指ししていた。

奥さんが旦那の浮気の相手と決めつけたのは、Y家の茶坊主の娘であった。

その娘はやはりK君の家の奥向きに勤めていたから、当然その亭主のことも知ってはいたらしい。

「いや、知っていたというか、その娘はそいつのことをよく褒めていたんだそうだ。あの人は男らしいとか、仕事が出来るとか、優しいとか立派だとか、誉め千切っていたらしいんだね。だからまあ、娘のほうは満更その気がなかったという訳でもないんだろうけど――」

奥向きで、使用人がその家の主人を幾ら褒めたとしても、責められる謂われはないだろう。

「それに、そんなことが奥さんの耳に入るもんじゃないしね。縦んば入ったとしたところで、亭主の人品が褒められてるんだから、怒るようなことじゃないだろうさ。彼女は不倫するような娘じゃないからね。彼に奥さんがいることは当然知っていた訳だし、奥向き勤めが家中の侍に色目など使うものかい。娘にしてみれば憧れていたということなんだろうさ。僕の知る限り、廊下で顔を合わせる程度の間柄で、親しくはない。肉体関係なんかは金輪際ないよ。それは断言出来る。それがさ」

その娘が、突如発熱した。

そして。

「あの人の本妻が、私のことを怨んでいる、呪っている」

と、口走り始めたのだそうだ。

勿論、その娘は奥さんの状態などまるで知らない筈なのだ。

「あっちもか、という話だ。まあ今は熱も下がり、大分良くなったらしいが、いまだにね、時たま互いに罵り合っているらしい。狐が憑いたか狸が憑いたか知らないが」

火のないところに煙が立つこともあるんだよと言ってK君は苦笑いした。

奇病の事（耳嚢巻之四）

松平京兆の物語に、此程奇成事有り。家中の侍の妻病氣にて里へ歸り居しが、ふと口走りて言へるは、「夫の外の女に心を寄て我を見捨、不快に事寄せ里へさし返せしも右女の仕業也」と、或ひは恨みあるひは怒り抔せし有様、一通りの病氣共不見。右妻は至て其容色も奇麗なるよし。男は美色の沙汰は差置、いとたくましき人物のよし。彼女の疑へる女は脇坂家の茶道なる者の娘にて、主人の奥に勤め居しが、彼男の人體を平日譽てことのふ執心せしよし。しかれども不埒など有し事も不聞、只知れる中のみ成りしが、是も發熱して、「彼本妻我をうらみ呪咀せる」など口ばしり、此程は熱もさめて快けれど、いまだ折には右の事を言ひ罵りし由。全狐狸の仕業にや、怪しき事もありぬと、私に語り給ひぬ。

がしゃん

越前は福井のさる藩に、Gさんという豪傑がいた。

このGさんという男は、腕っぷしが強いだけでなく気も強い、勇猛果敢、剛勇不敵の大男で、悪人でこそないのだが乱暴な性格ではあり、その所為か周囲の者からは怖れられていた。

戦乱の世なら兎も角も、平和な時代にこういうタイプはそれ程歓迎されないものである。Gさんも出世とはあまり縁がない人物だった。

ずっと江戸勤務だったGさんは、いろいろとあった揚げ句に国詰に転属となって、福井へ戻ることになった。

これは、その福井での話である。

福井には足羽川という川がある。

足羽川には九十九橋という大きな橋が架かっていて、その橋の下には巨大な亀が棲息しており、時に人を獲って喰うなどと謂われていた。人喰い亀となると流石に与太話とも思えたが、事実亀は川に沢山いたから、もしかしたら大きな亀ならいるかもしれないとも思われた。

ある日、Gさんがこの橋を渡った。

ふと橋の下に目をやると、小山のようなモノが見えた。はて、あれは何かと目を凝らすと、どうやら亀である。信じられない程に大きな亀が、川岸に半身を出して甲羅干しをしているのだった。

Gさんは咄嗟に、あれが人喰い亀だと思った。

襲ってくる様子もなかったが、それでもGさんはそう確信した。場所は合っている。それに、何より大きさが尋常ではない。あれ程大きければ何かと害もあるだろう。噛まれれば子供などひと溜まりもあるまい。もしも人喰い亀ならば、この機会を見過ごす手はない。敵は一般市民を戦慄かせる憎き怪獣なのである。

今成敗せずしてどうしようというのだ——Gさんはそう思った。

Gさんは豪傑なのである。

Gさんは橋の袂で衣服を脱ぎ、刀を抜いて川に飛び込んだ。

激しい格闘を予想していた豪傑のGさんだったが、勝負は実に呆気なかった。

亀は難なく死んだ。

殺したはいいが、重い。大き過ぎて運べない。

Gさんは近隣の民家の者を呼び集め、助勢を頼んで亀を陸に引き上げた。

実にでかかった。

「これは巨大じゃ。珍奇なるものじゃ。甲羅を剝いで領主様に献上でもしよう」

肉は持ち帰って酒の肴にしようと、Gさんはそう考えた。

さて、Gさんがいきなり巨大な亀の死骸を持って帰って来たので、Gさんの家の使用人たちは大いに驚き、かつ慌てた。

Gさんは自慢げに高笑いをし、傷む前にすぐさま調理しろと命じるだけ命じて、そのまま昼寝をすると言い放って奥の間に引っ込んでしまった。

やがて豪快な鼾の音が聞こえて来た。

弱ったのは使用人達である。

怪獣を料理しろと言われても困る。普通の亀ならまだしも、これだけ巨大な亀など料理したことがない訳だから、捌き方もよく判らない。

どこをどう切ったものか、果たして包丁が通るものなのかも怪しい。手のつけようがない。

途方に暮れた使用人は仕方なく大亀をあちこちから眺め、暫くの間思案を重ねた。

喰えそうにない——。

そう思った。主は喰うと言うが、とても喰えそうな代物ではない。

料理を命じられた使用人は大亀を前にしてつくづく思った。

これだけ育ってしまえば肉も硬く筋も張っていて美味くはないだろう――。

もしかしたら、毒もあるかもしれない――。

いや、毒はある。そう使用人は判定した。

巨大な化け物の死骸はそう思い込ませるだけの異様さを兼ね備えていたのだろう。それに、既に腐敗が始まっているようにも思えた。亀はそれでなくても臭いものである。

これは、とても料理など出来たものではない――。

包丁を入れた途端に毒が噴き出たりしたら命が危ない。

そうでなかったとしても、毒を持っているかもしれない腐りかけの化け物を捌いて主人に供することなど、出来る筈もないことだった。

いや、してはなるまい。

あの主人のことだから、捌きさえすれば必ず食べるに違いない。食べてしまって、もし何かあったなら、その時はもう遅いのである。

使用人は肚を決めた。

そして急いで亀を川に捨てた。臭気が酷かったからである。

事情は主が起きてから説明しようと考えた。

ところが。

昼寝から目覚めたGさんは亀が消えていることを知るやいなや大いに怒った。

まさに怒髪天を衝く勢いだったという。激怒したGさんは言い付けを守らなかった使用人を叱責し、亀を川に捨てた者を激しく責め立てて――。

斬り殺してしまった。

何とも短気なことである。

この話はすぐに領主の耳に入った。

領主は、常常この粗暴な部下の素行を気に懸けていたようだった。

気持ちは真っ直ぐな男なのだが、それは裏を返せば直情的ということであり、かつ暴力的な言動ばかり執るというのは大いに問題である。

巷を騒がす化け亀を退治したまでは良い。しかし考えるまでもなく、使用人に対する理不尽な仕打ちはGさんに非があるだろう。使用人の判断は極めて常識的なものと思えたし、主人の命に背いたという罪があるとはいうものの、それとても断罪に処する程の罪ではない。

「Gの取り計らい、まことに以て不埒千万である――」

領主はそう思い定め、Gさんに沙汰を下した。

Gさんは身柄を拘束され、蟄居の憂き目となってしまった。

これには――。

流石のGさんも萎れた。

慥かに領主の言う通りなのである。

カッとしたとはいうものの、如何(いか)にも分別がない。冷静に考えてみれば使用人の言い分も尤(もっと)もなのである。あんなものは喰えない。

さすれば亀を持ち帰ったことも、単に領主や世間に手柄を吹聴(ふいちょう)したいだけの浅ましい行為だったように思えてくる。料理を命じたのだって本当に喰いたかった訳ではないのだ。

単に己の豪傑ぶりを世に広く喧伝(けんでん)したい、己の豪胆さを自ら堪能(たんのう)したいというだけのデモンストレーションではなかったのか——。

いずれ使用人を殺してしまったのは遣(や)り過ぎだ。

Gさんは乱暴者ではあったが道理の解らぬ男ではなかったのである。

Gさんは己の軽挙妄動を深く恥じ、温順(おとな)しく沙汰に従った。

部屋に籠(こも)って反省していると、さしもの豪傑も気弱になった。

どれだけ悔いても取り返しのつくことではない。

死んだ使用人は生きては戻らない。

いや、そもそもあの亀だって人喰い亀ではなかったのかもしれない。そうなら——。

可哀想なことをしたなと、Gさんは思った。

そんな折り——。

深夜、寝ているGさんの枕元に、何処から入って来たものか何者かが現れた——ような気がした。

立っているのか、這い蹲っているのか、それは判らなかった。いや、Gさんは眠っていたのだから判るほうがおかしいのである。真実誰かが枕元に訪れたとしても、眠っていたのでは知れない筈だ。

でも、誰かいる。誰かというよりも、ナニかがいる。

そう感じるということは、即ち意識があるということだろう。しかし覚醒したような感覚はGさんにはなかった。

だから、Gさんはきっとこれは夢なんだと、そう思った。

その何者かは何ごとか歌のようなものを詠じながら近寄り、いきなりGさんの頭を叩いた。

金槌で打たれるような激痛が走った。

目が覚めた。

いや、気絶する程の痛みであったから、目が覚めたというより弾き飛ばされたという感じであっただろう。起き上がって眼を開け、すぐに見廻したが、誰もいない。

しかし、頭は痛かった。額の辺りが我慢出来ないくらいに痛い。

瘤も傷もなかったが、兎に角痛い。

あまり痛かったので、Gさんはそれから朝まで眠れなかった。

夜明けには痛みも治まった。

人心地ついて考えてみると、やはり夢としか思えない。

Gさんは咎人として軟禁されているのだ。Gさんが出られないのだから、外から入って来ることも出来ないだろう。

心の奥の罪の意識が、そんな奇妙な形で夢に現れたのだろうと、Gさんは考えた。

だが。

Gさんはそれが詠じた歌を覚えていた。

暮ごとに訪ひ来しものをあすは川明日の夜浪のあだに寄るらん——。

諳んじることが出来た。

毎晩通って来ていたというのに、明日の夜はもう通うものはなく、あだ浪が寄せるだけである——というような意味だろう。毎晩訪ねてくれていた人が来なくなってしまったと嘆いている歌である。

いや、足羽川というからにはあの亀と関わりがあるものか。

毎晩訪ねて来ていたのは人ではなく、亀なのか。

ならば。

そこでGさんは考えるのを止めた。あれが夢ならすべてはGさんの頭が作り上げた妄想である。気配も痛みも、勿論この歌も、Gさん自身が生み出した幻覚である筈だ。ならば考えるだけ無駄である。

そう思った。

しかし。

その夜も――。

深夜を過ぎた頃、その得体の知れぬ気配は来た。

そして、また同じ歌を詠じながら――。

Gさんの頭を叩いた。

同じように激痛が走り、Gさんは飛び起きた。額に走った衝撃は実に生生しく、とても夢とは思えなかった。いや、実際に痛みがあったのだ。Gさんは頭を押さえ、再び眠れぬまま朝を迎えた。

夜が明けると、やはり夢であったような気がして来た。

しかし、今回は額の痛みが残っていた。叩かれたところがずきずきと疼いた。

Gさんは怖くなった。

もし本当に殴られているのだとしたら――。

後数回殴られれば死ぬ。そう思った。それ程の激痛なのだった。

実際にあれだけの勢いで殴られれば昏倒するに違いない。打ちどころが悪ければ一発で即死する。それ程の叩き方なのだ。それくらいの痛みだったのである。

いや――。

――それもほんとうに叩かれているのだとしたら、の話だ。

Gさんは考えた。夢かもしれないのだ。幾ら考えても何の結論も得られず、また夜がやって来た。

その夜、Gさんは眠れなかった。

寝つけないまま時は過ぎ、覚醒したままでGさんは深夜の時を迎えた。

やがて。

それは突然、来た。

何か得体の知れない塊である。その時、Gさんは確実に起きていた。

夢ではない。それなのに、それは枕元に突如出現した。何処からか侵入して来たという感じではなかった。枕元の空気が密度を増して、そのまま濃い質量を持ち実体化した
――そんな感じだった。

それは、あの歌を詠じ始めた。

――ああ、叩かれる。

そう思ったGさんは、あの激しい衝撃と痛みを思い出し、枕から頭を外して、すっと避けた。

眠っている状態を叩かれるのではなく起きている状態で叩かれたなら――。

その時は、確実に死んでしまうような気がしたのである。

二晩続きの三度目だったから、タイミングは覚えていた。

頭を引いたその代わりに、Gさんは枕を差し出した。差し出しながら、ああ、これも全部夢なのかなと思った。こんなことが現実である訳がないように思えたのである。眠れずに起きているという夢を見ているのに違いない。

次の瞬間。

がしゃん。

と、大きな音がした。

はっと我に返って身体を起こしてみると――。

陶器製の枕が木端微塵に打ち砕かれていた。

Gさんは、心底驚いた。

そして夢が覚めることを願った。

しかし朝になってもGさんの夢は覚めなかった。

夢ではなかったのだ。

粉粉に砕けた枕も元には戻らなかった。破片はそこら中に散らばっていた。

寝惚けて自分でしたこととは思えない。道具を使わずに陶器を砕くのは不可能だったからだ。

その話を聞いた領主は、

「Gが殺した亀は雄亀で、雌亀が仇を為しているのだろう」

と考え、Gさんが聞いた歌に対する返歌を詠んで封じ、足羽川に流した。

それ以降、Gさんの変事も止んだという。Gさんは完全に悔い改め、領主もその咎を赦し、復職を認めた。

すっかり更生したGさんは、今も福井で働いている。

それでも偶(たま)に、あの枕が砕けた時のがしゃんという音を、Gさんは思い出すのだそうである。

あすは川亀怪の事（耳嚢巻之五）

越前福井の家中に、名字は何といひし、源藏といへる剛勇不敵の男ありしが、右不敵の志故國詰申付ありて福井へ至りしに、右福井にあすは川といへる有り、九十九橋とて大橋有しが、右河に大き成亀住て人を取る事も有りし由。然るに源藏或日彼の九十九橋を渡りしに、誠に尋常にあらざる大亀河の端に出居たりしを、「彼人を取亀ならん、憎き事也」と、刀を拔持て裸に成りて右河中に飛入り、難なく右亀を屠り殺して、其邊の民家をやとひて引上げ、「殼は領主えさゝげ、肉は我宿へ持歸りて酒の肴にせん」、召仕ふ主人より附人の中間へ調味の義申付晝寢せしが、彼中間つくぐ〳〵思ひけるは、「かゝる大亀なれば毒もあるべき間、主人え奉らんも如何なれば、河へ捨て其譯を申さん」と、則捨て後主人え語りければ、源藏大に憤りて、情なくも右中間を切殺しぬ。然るに大守より附人なれば、「源藏取計不埒也」とて、預に成て一室に押込られ居たりしが、かゝる剛氣の者ながら大守の咎に恐入て少し心も弱りしに、源藏臥りし枕元へ深夜に來る者ありて、一首の歌をよみて、

　暮毎に訪ひ來しものをあすは川あすの夜浪のあだに寄らん

源藏が頭を敲くもの有り。其痛絶へがたければ起上るに行方なし。かゝる事二夜程なれば源藏も心得て、歌を吟ずる折から頭をはづし、枕をさし出せしに、右枕は微塵に碎けける故、大きに驚きけるが、右之趣大守へ聞へければ、大守聞給へて、「夫は不思議なる事也。源藏が殺せしは雄龜にて、雌龜の仇を爲す成べし」とて、一首の返歌を詠じ給ひ、封てあすは川へ流し給ひければ、其後は源藏へも仇をなさゞりし由。源藏も夫より節を折て實體に歸りければ、「巧める惡事にもあらず」とて、大守よりも咎ゆりて無滯勤仕しけると也。

座頭でないなら

筆者（根岸）は以前、当時の配下だったO君やH君らを引き連れ、川普請（かわぶしん）の御用のため数ヶ月をかけて関東六ヶ国を巡った。

その旅の途中の、H君の体験談である。

H君は五十歳を過ぎたばかりの働き盛りで、数年の間あれこれ作事に関わっていた所為（せい）か土木工事にも大層明るく、しかも中中気持ちの健（すこ）やかな男だった。仕事は細かいが大胆なところもあり、仮令（たとえ）失敗してもうじうじ思い悩むこともなく、大らかで、大いに頼りになる人材だった。

多摩（たま）川沿いの村を順ぐりに視察していた一行が、押立（おしたて）村（現在の東京都府中（ふちゅう）市）という村に到った時のことである。

その日はその村で宿を取ることになった。

筆者は村長の屋敷に泊めて貰うことになり、他の者はそれぞれが最寄りの民家に世話になるということで話が決まった。

人数が多いから同じ場所に泊まることは出来ない。一軒に厄介になる人数が増えれば宿泊先の負担も増えるから、散らばったほうがいい。だから多くはそのパターンとなるのだ。

早朝、O君とH君が他の者を取り纏め、うち揃って筆者の処にやって来て、それから揃って次の村へ移る――というのが毎日の手順である。

翌朝、何故か遅刻したことのないH君が遅れて来た。

「どうしたね。気分でも悪いのかね？」

そう尋くと、H君は浮かぬ顔をして、

「別に何でもありません。御心配をおかけしてすいませんでした」

と、歯切れ悪く答えた。

H君らしからぬ様子だったのでやや気にはなったものの、どうすることも出来ず、その日は何ごともなく無事に過ぎ、H君も普通に仕事をしていたようだったから、夕刻には忘れてしまっていた。

ところが。

その翌日の会議の折りにもH君の様子はおかしかった。

何か言いたげな様子だねと問うと、H君はぼそぼそと答えた。

「いや、あまりに馬鹿らしい話なので昨日は申し上げないでいたのですが、一昨夜、押立村の宿泊所で埒もないことが起きましてね、どうにも寝つけず、朝までまともに眠れなかったものですから——」

どうやらそれでＨ君は遅刻したらしい。

何が起きたのか重ねて尋くと、Ｈ君は、

「いや、疲れていただけだと思うのですが——」

と、答え難そうにする。

慥かに、その前の宿泊地である羽村を出てから押立村に着くまでの道中は楽なものではなかった。

雨がそぼ降る中、股引草鞋で堤を上り下りしなければならなかったので、一同も疲れてはいた筈である。

「ミーティングの後すぐにお世話になる家に行きまして、さっさと寝ようと思ったのですが」

そしてＨ君は次のような話を語った。

Ｈ君が泊めて貰うことになった部屋は、所謂離れになっていたのだそうだ。一応廊下で母屋に繋がってはいるものの、その廊下は長く、家人が起居しているエリアからはかなり離れていたらしい。使用人の部屋なども遠く、どうやら平素は使っていない空き部屋であるらしかった。

「こちらも頼んで泊めて貰っている身ですから、あまり贅沢なことは言いたくなかったのですが――戸や垣根も疎らになってましてね、おまけに裏のほうには高い藪が鬱蒼と生い茂っていまして、お世辞にも快適な部屋ではありませんでしたな。そうはいっても後は寝るだけでしたし、雨露が凌げればそれで構わないというようなものではあったのですが――そうですね、酷く不用心な印象を受けました」

用心深いH君はきちんと戸締まりをし、更に数度点検して、それから床を延べて、寝た。

やはりかなり疲れていたようで、睡魔はすぐに襲って来た。

H君は眼を閉じると、すぐにとろとろと良い気持ちになった。

意識が遠退き、愈々眠りに落ちようという、まさにその時。

「どかん、と音がしたんです。何と言いますかね、天井に大石でも落としたような音です。いや、正直天井が破れたかと思いました。失礼な言い方ですが離れは安普請でしたから、あれ程大きな音がするような衝撃が加わったなら、倒壊してしまってもおかしくはない。それはまあ吃驚しまして――一度に目が覚めてしまった。しかしですね」

別に建物はどうにもなっていなかった。

目を凝らして天井を見ても、勿論穴が開いている様子はない。

気の所為とも思えず、せっかく眠りかけたところを起こされた不機嫌もあって、H君は身体を返して枕に顎を載せ、枕元を見た。

すると。

枕元に人がいる。

しっかり戸締まりをしたつもりだったのに、いったい何処から入ったのか。H君のその不審な思いは、すぐに危険信号に変わった。これは強盗の類いとしか思えない。身構えようと思った途端。

H君は何故か、違う、と感じた。

そんなものじゃない。

暗闇に目が慣れてくると、それが座頭であることが判った。

禿頭の座頭が、畳の上にぺたりと座っているのだった。

その座頭は薄汚れた縞の単衣を着ており、両手を畳にぺたりと突いて、下を向いていた。

どう見ても座頭である。

H君は——それは驚いたのだけれど、すぐにはどうすることも出来なかったらしい。

あまりにも非常識である。

非常識であるが、座頭はそこにいる。

H君は取り敢えず、その者の身許を確認してみるべきだと考えた。だが、H君は思い悩んだ揚げ句——。

止めた。

「危害を加えてくる様子もなかったですし、もしかしたら家を間違えたとか、元元その離れに住んでいた座頭さんだったとか、兎に角何か事情があってそこに座っているんだと思ったんです。ですからまずは本当に座頭さんかどうかを確認しなければいけないと思ったんですよ。座頭さんなら目がご不自由なのでしょうから、色色と不如意なことも多かろうと、そんな風にも思ったのですが」

H君はどうしても尋くことが出来なかったという。

「座頭さんが怖かったのじゃないんですよ。例えばどちらの座頭さんですか、と尋ねたとして、もし、もしですよ――」

――座頭じゃない。

そう答えられたらどうしよう、とH君は思ったのだそうだ。

違うなら何なのだ。座頭じゃないなら――。

そう答えられてしまったら。

H君は急激に恐ろしくなり、逡巡の末にやっとこ起き上がって、床の横に置いておいた脇差を手に取った。

どんな場合も用心が大切だろうと考えたのだ。しかし。

「脇差を手にした途端、その座頭さんは掻き消えてしまったんですよ。一瞬視線を逸らしたその隙に、いなくなってしまったのでしょうか。これはもう心の迷い気の迷い以外の何ものでもありませんでしょう」

H君はそこで大切な証文や手形などをいちいち確認し、懐中に確(しっか)りと納めて、再度戸締まりをチェックしてから、もう一度床に就いた。

「まあ、気の迷いとはいうものの、どうにも心に懸(か)かったものですからね、今度は眠るまいと思ったのですが——やはり疲労には勝てませんでした。いつの間にかすっかり眠ってしまった。いやはや、どのくらい眠っていたのかはわかりませんが、ふと気づきましてね、枕元を見ますと」

またいた。

その座頭の様なものは、今度はいきなり手を左右に大きく広げてH君に覆い被(かぶ)さって来た。これはいけないと思ったH君は、夜具を撥(は)ね除(の)けて脇差を取り、斬りかかろうとした。

「いや、また消えてしまった。脇差に触れた時にはもういなかった。もう我慢出来ずに燈火(ともしび)をかき立て、座敷内を隅隅まで照らして点検してみたのですが、変わった処はない。戸締まりもきちんとされている。使用人を起こして事情を尋いてみようかとも思いましたが、深夜でもあり、まず場所が隔(へだ)たっていますのでね、まあこんなことで夜中に起こすのもどうかと思いまして、そのまま朝まで起きていた訳です」

怖かった訳ではないが、どうしても眠れなかったのだとH君は言った。

その後、座頭はどうしたのだと尋くと、出ませんでしたとH君は答えた。

と——いうか。

「いや、でも、それはきっと座頭さんじゃないんです。座頭さんかどうかは判らないんですよ。まあ座頭さんのように見えたのですがねえ」

座頭でないなら何なのでしょう――。

H君は、どうしてもそこが怖いらしかった。

妖怪なしとも申難き事（耳嚢巻之二）

安永九子年の冬より翌春迄、關東六ケ國川普請御用にて、豫出没して右六ケ國を相廻りしが、大貫次右衛門・花田仁兵衛は豫に附添て一同に旅行廻村し侍るに、花田は行年五拾才餘にて數年土功になれ、殊に精身健かにして飽まで不敵の生質也けるが、安永十丑の春玉川通へ廻村して押立村に至り、豫は其村の長たる平藏といへる者のかたへ旅宿し、外〴〵其最寄の民家に宿をとりける。いつも翌朝は朝速次右衛門・仁兵衛なども旅宿へ來りて一同伴ひ次村へ移りける事也。仁兵衛其日例より遲く來りし故、「不快の事も有之哉」と尋しに、「いや別事なし」と答ふ。其次の日も又々豫が旅宿に集りて御用向取調ける折から、仁兵衛語りけるは、「押立村旅宿にて埒なき事ありて夜中臥り兼、翌朝も遲く成し」と語りける故、「いか成る事や」と尋ねけるに、「其日は羽村の旅宿を立て雨もそぼ降し故、股引草鞋にて堤を上り下り甚草臥しゆへ、豫が旅宿を辭し歸りて直に休み可申と存候處、右旅宿のやうは本家より廊下續きにて少し放れ、家僕など臥り候所よりも隔りける。平生人の不住所哉戸かき〔垣〕もまばらにて、裏に高藪生茂り用心も不宜所と相見候故、戸ざしの〆り等も自身に打改臥りけるが、とろ〳〵と睡り候と覺る頃、天井の上にて何か大石など落し候樣成音せしに目覺、枕をあげ見侍れば、枕元にさもきたなげなる座頭の、穢れたる島の單物を着し、手をつき居たりしゆへ驚き、座頭に候哉と聲も可掛とおもひしが、若座頭には無之と申間舗ものにも無之、全く心の迷ひにもあるやと色々考へければ、兎角座頭の姿なれば、起上り枕元の脇差を取あげければ形を失ひしまゝ、心の迷ひにあるらんと、懐中の御證文などをも尚又丁寧に懷中して、戸ざしの〆り等も打改、二度臥しけるが、何とやら心にかゝり睡らざるとおもひしが、晝の勞れにて思はずも睡りける哉、暫く過て枕元を見けるに、亦候彼座頭出て、此度は手を廣げおほひかゝり居ける間、爰〔最〕早たまりかねて纊を取のけ、枕元の脇ざしを取揚ければまた消失ぬ。依之燈火を搔立、坐舗内を改見けれど、何方よりも可這入と思ふ所なきまゝ、僕を起さんとおもひけれど、遥に所も隔るなれば、人の聞んも如何と又枕を取侍れど、何とやらん心にかゝりて寢られず。また出もせざりしが、全く狐狸の爲す業ならん」と語りはべる。

設定

Aさん夫妻は谷中（やなか）で豆腐屋を営んでいる。

谷中は寺が多く、Aさんの店も寺院の門前にあった。

ある時。

夜半に戸を叩（たた）く者がある。Aさんは胸騒ぎを覚えた。

Aさん夫妻は共に年老いていたし、商売柄朝も早いものだから、夜は早早に戸締まりをしてしまうのが習慣になっており、それは夫妻を知る人なら誰もが承知していることだった。つまり、余程の用向きがなければそんな時間に訪れる者はいなかったのである。

Aさんが恐る恐る戸を開けると、前の寺の住職が神妙な顔つきで立っていた。

暗くてよく見えなかったが、どうやら若い娘を連れている。

住職は夜分にすまないと頭を下げると、折り入ってあんた達に相談ごとがあるんだが——と、歯切れ悪く言った。

驚いたAさん夫妻が事情を聞きましょうと言うと、和尚はこう語った。

「実はだね、この娘は拙僧の姪なんだ。いや、先だって実家のほうで少々揉めごとが起きてな、それが収まるまでの間、家を出ていたほうがいいだろうということになったのだ。ところがご覧の通り、世間知らずの小娘だし、独りで住まわせるのは心配だ。そこで当寺で預かることになったという訳さ。で、まあ、寺は広いから寝泊まりさせる分には構わないのだが、日中はあまり具合が良くない。寺に若い娘を置くというのは、どうもいかんと思うのだ」

慥かに、女人禁制という訳ではないものの、寺院に娘は似気ないものである。目立つし、あまり宜しくないだろう。

「そこで、まあ頼みにくいことではあるんだが、昼の間だけ、こちらの店で世話をしてやっては貰えないだろうか。いや、ご迷惑な頼みごとというのは百も承知だ。それ相応の礼はさせて貰うつもりだが——」

「いやいや」

Aさんは頭を振って、低頭している住職に頭を上げるように言って、承知した旨を伝えた。どんな事情なのかは知らないが、聞けば尤もな話である。Aさんの奥さんも異存はないようだった。

狭い所帯であるから寝泊まりされるということになると困るが、昼間だけ面倒を見るということならばそう手間でもない。

和尚は大いに喜んだ。

翌日の早朝、娘はAさんの店にやって来た。

和尚の姪は一日二日の間は畏まって口を噤んでいたのだが、やがてAさん夫妻とも打ち解けて、あれこれと言葉を交わすまでになった。

しかし、身の上話だけはしない。まあ家を出なければいけなくなったくらいだから余程込み入った事情があるのだろうと思い、Aさん夫妻もその辺のことに就いては敢えて聞かないように心懸けていた。

時折店に来る客に見咎められることもあったが、その時は親類の娘だといって誤魔化した。でも嘘を吐くのは性に合わなかったので、あまり店先に出てこないようにAさんは娘に伝えた。娘は素直にその言いつけに従った。

何日かしてAさんはふと疑念を抱いた。

――この娘はご住職の姪ごさんじゃないのかもしれない。

そう感じたのだそうだ。もしかしたら自分達は住職に騙されているだけなのではないか、そんな気がしたのだそうである。

例えば、この娘は住職の愛人ではないのか。世間にはいかがわしい店に通い詰める僧侶もいると聞いている。

出家した者は名目上妻帯することを禁じられているから、大っぴらに寺に住まわせることは出来ないのだ。

とはいえ証拠もなしに娘を問い詰める訳にも行かず、Aさんは疑念をぐっと肚に収めて、日日を送っていた。

ところが。

ある日のこと、Aさんの店に一人の男が訪ねて来た。齢の頃なら三十ばかりのその男は、自分は前の寺の住職の甥である、と名乗った。

「ご住職の甥ごさん、ということは」

「はい。こちらにお世話になっておりますのは、私の妹でございます」

男はそう言った。

そして、

「こちら様にはご迷惑をお掛けいたしました。お二人には感謝しています」

と言った。

「事情はご承知かとも思いますが、実家でごたごたがございましてね。実家を離れて遠方に勤めております私が一旦妹を引き取ったのですが、その途端に江戸出張が決まりましてね。見知らぬ土地に妹一人を置いておく訳にも行かず、江戸まで連れては来たものの、私のほうも仕事がありますもので、思うように世話が出来ない。そこで出家していた伯父に頼んだのです」

なる程、住職の話と相違はない。

「しかし、聞けば日中はこちらにお世話をお願いしているという。まあ、考えてみればお寺に若い娘を預けるというのは無理な相談だったのかと、そう思い至りましてね。伯父に要らぬ疑いがかかりますでしょう。昨今は、風俗店に通うような生臭坊主や、女を囲っている破戒坊主もいるようですし、いや、軽率でした」

「そういう事情でしたか」

Aさんは娘の身許(みもと)を疑った自分を恥じた。

「実は、実家のほうの揉めごともそれなりに片が付きましてね、私の出張も今日で終わりなのです。ですから本日は妹を引き取って実家に送り届けようと、こうして参った次第です」

男は丁寧に頭を下げ、これは心ばかりのお礼ですと言ってお金を差し出した。

「剝(む)き出しの金子で失礼かと思いますが、肴代(さかなだい)としてお収めください」

「それは――まあ、良かったですねえ」

Aさん夫妻は顔を見合わせた。

そして、和尚さんもさぞやお喜びでしょう、と言うと、伯父は今日留守だと聞いています、と男は言った。

そういえば住職は、朝早く出掛けて行ったようだった。急な法事があるとか言っていたか。

「伯父にも挨拶をして行きたいところなのですが、私は仕事の関係で、今すぐにでも出立しなくてはいけないのですよ。寺のほうには改めて挨拶に行こうと思っております」

「そうですか——しかし、和尚さんからお預りした娘さんですしねえ。あなたを疑う訳ではないんですが」

用心深いAさんは、男が信用出来ないと思った訳でもなかったのだが、念のために奥に行き、娘本人に尋ねてみた。

娘は障子の隙間から男を見ると、

「あれは兄です。間違いありません。ああ良かった、これで私は家に帰れるのですね」

と、大層喜んだ。

「しかし、あんた。このまま帰ってしまったのでは、和尚さんは気を悪くしないかねえ」

「兄が迎えに来てくれた以上、伯父は何も申しませんでしょう。況てや恩人であるお二人を責めるようなことはあり得ませんわ」

それもそうだろう、とAさんは思った。何より、Aさんも、Aさんの奥さんも、和尚さんの姪ごさんを預かっているということを誰にも言っていないのだ。疑いようがない。

娘は急ぎ旅支度をした。男は何度も何度もAさんに礼を言った。

「伯父が戻りましたら、お手数ではございますが是非ともこのことをお報せくださいませんか。さぞや喜ぶことでしょう。私も、近いうちにもう一度こちらを訪れ、子細を告げて礼を言うつもりです」

そう言い残し、男と娘は連れ立ってAさんの許を去って行った。

善良なAさん夫妻は、その後ろ姿を心安けく見送った。

夕方になって住職が戻ったようだったので、Aさん夫妻は早速このことを報せに夫婦揃って向かいの寺に出向いた。話を聞くなり、和尚は真っ赤になった。

「そ、そんなバカなことがあろうかッ」

和尚は大声で怒鳴り、怒った後、すっかり萎れてしまった。

Aさん夫妻は大いに困惑した。

実は――。

Aさんの勘繰った通り、あの娘は和尚の愛人だったのである。好色だった和尚はどうしても女遊びが止められず、歓楽街に入り浸っていたのだった。そして一人の遊女に入れ込み、遂には身請けしてしまったのだそうである。

しかし、身請けしてはみたものの、檀家の目もあるから寺に置く訳にも行かず、Aさん夫婦を騙して利用していたという訳である。

Aさん夫妻は唖然としたものの、礼金やら何やらを色色と貰っている手前怒るに怒れず、説教する気にもなれず、寧ろ呆れて店に引き上げた。

坊主に金を出させて女郎を身請けさせ、女犯の罪を逆手に取って奪い取るというような筋書きの話は小説などにもよく書かれている。今回も、きっとそういうことだったのだ。

まあ、不犯の決まりを破った和尚は不義である。身請けされた身でいながら別の男と逃げた女も、また不義である。不義には不義の見返りがあるものだ、和尚にしても何も言えまいよ——と、Aさん夫妻は納得した。

が——。

「いや、それはいいのですがね、あの男、どうして和尚の甥と名乗ったのでしょう？」

Aさんは首を傾げる。

「和尚さんが私らに語ったことは全部、咄嗟の嘘だったようなんですよ。姪という設定も、実家でごたごたがあったという設定も、全部口から出任せ、その場で考えた嘘だったらしい。姪だと紹介されたのは私達夫婦だけで、私達は誰にもそのことを言っていない。勿論和尚さんが言う筈もない。女はずっと私の家にいて、手紙を出したり誰かと会ったりしたことはない。夜は寺にいて、まあ和尚と一緒ですしね。あの男はいったい」

何故その急拵えの設定を知っていたのでしょうねと、Aさんは不穏な顔をした。

不義に不義の禍ある事（耳嚢巻之二）

餘程ふる事にや、谷中邊に一寺の住職ありしが、遊所へ入込、妓女に馴れて右女を請出し、姪の由を僞り、寺内に置ては旦家のおもはくもいかゞと、門前の豆腐屋しける老夫婦の方へ召連預け置て、「姪の事故外に世話しける者も無ければ、晝は寺に似氣なき女故夫婦へ賴む」由申ければ、夫婦も御尤のよしを申、他事なく世話しけるが、或日年頃三十斗の男來りて、「我等は當寺の和尚の甥也。此度主人の在所より來り、妹は先頃和尚へ賴置、爰元にて世話致し呉候よし。段々辱」旨にて、肴代など少々差遣、「妹事も相應の事ありて片付候間、今日同道いたし度」と申ければ、豆腐屋も、「それは宜敷事ながら、今日は和尚にも御留守の事故申上候上へ」と申ければ、女子も「兄に相違なき事、何しに和尚の御身を咎め給ふべき」といひて、急に支度など致し、右侍も段々の禮など念頃に申、「和尚留守なれば帰り給はゞ嘸悦び申されん。遠からず禮に又々参るべし」といひて、女を連て立帰りぬ。彼の和尚帰りて後、豆腐屋夫婦寺へ行て、かく〳〵の事と始終を語りければ、和尚大に驚き、或ひは怒りあるひは愁ひけれどもすべき様なし。「世話にありし。よろこび候事也」といひしよし。おかしき事なれば爰に記しぬ。

効き目

Bさんがお金に窮(こま)っていた頃の話。

その頃Bさんは働いても働いてもお金が貯まらず、家計は火の車だった。勤勉だし浪費家でもないのにどうして暮らしが立ち行かないのか、Bさんを知る人は皆、不思議に思っていた。

貧乏神が憑(つ)いているとでも思わなければ納得出来ない。

ある時、知人のCさんがやってきて、Bさんに信心を勧めた。

後楽園(こうらくえん)の隣にあるM屋敷の敷地に牛天神(うしてんじん)という社があり、その境内の隅に小さな祠(ほこら)があって、その祠が巷(ちまた)でちょっとした評判になっているというのである。貧しい者がその社倉に参ると良いというのだ。

Bさんは大いに戸惑った。

Bさんは真面目だったが、信心深い人間ではなかった。

ただ、そうはいってもまるっきりの無信心という訳でもなかった。Bさんは、特定の信仰を持っていなかったというだけで、神仏を敬う気持ちを持つこと自体は尊いことだと、そう考えてもいたのだ。

でも、そうはいっても現世利益を得るために神仏に頼るような信心の仕方は感心出来なかった。信心というのは日頃の敬虔な心懸けなのだろうとBさんは考えていた。そうした精進を積み重ねた結果、某かの幸福を賜ることはあるかもしれない。

しかし、短絡的に金が欲しい富を得たいと神様にお願いするというのはどうか。

真面目なBさんにはどうにも邪な性根のように思えたのである。

違う違う、とCさんは言った。

どう違うのか、Bさんは解らなかった。

富を得たいご利益が欲しいと願うのではなく、厄を除けて欲しいと願う、ということだろうか。幸福を呼び込むのではなく不幸を追い出して貰う——と考えるべきなのか。

それも違うよ、とCさんは言った。

「あんたの言うとおり、金が欲しい儲かりたいと福の神にお願いするのは欲ったかりな感じがするし、貧乏神を追い出してくれと念じるのも、どうにもお門違いという気がするよ。それにね、俺だって頭っから神仏の霊験を信じている訳じゃないんだ。でも、この話に関してはちょっと面白いから、もしかしたらと思ったんだよ」

兎に角一度行ってみろと熱心に勧めるので、Bさんは牛天神まで行ってみたのだそうである。

慥かに祠はあった。

別当のDさんに由来を尋いたところ、何でも元は小石川に住まうお旗本が祀った神であるという。

そのお旗本は代代貧乏で、暮らし向きも思うようにならず、明け暮れとなく金に困って難儀していたのだそうである。

貧窮の揚げ句一念発起したお旗本は、ある年の暮れに神の姿を絵に記し、お神酒や洗米などを捧げて、こう祈ったのだそうだ。

「私の家はずっと貧乏です。一所懸命に働いても、思うように裕福にはなりません。しかしそれは仕様がないことです。裏を返せば、それ以外に不幸はないのです。こんなに貧乏なのに、貧乏以外に悩みはありません。それもこれも私の家を守ってくださっている神様のお蔭です。感謝の気持ちを込めて社を建てさせて戴きたい」

そう祈った後、お旗本は自宅の庭に小さな祠を建て、その神様の絵を祀って朝夕祈ったのだそうだ。

そのうち小さな願いも叶い、少しばかりの福も訪れた。

大変に有り難いことだと思ったお旗本は、予てより知遇のあったDさんに相談し、祠を境内に安置して貰えないかと頼んで来たのだそうである。

「いや、まあ、霊験というのか何というのかねえ、面白い話ではあるからさ。取り敢えずうちも祠を移すことを承知したんだけどね、それ以来、噂を聞いた人がお参りにくるようになってね。しかしどうなのかね」

そう言ってDさんは苦笑した。

そこで苦笑するDさんの真意が解らなかったから、Bさんは再度尋ねた。

「そのお旗本は福を得たんでしょう？　世間でも評判だそうじゃないですか。するとこちらは霊験のある有り難い神様だった――ということになるんじゃないんですか？」

「いや、まあ、有り難いというか、逆だよ。この神様は、霊験があっちゃ困る神様なんだけどね」

「困る？」

困るさと言うとDさんはもう一度苦笑して、

「ここに祀られてるのは、貧乏神だからね」

と言った。Bさんは――驚いた。

「敬して遠ざく、というかねえ。追い出すんじゃなくって、一種の誉め殺しなんだろうかね。ま、考えようによっちゃ、こりゃ神仏が実際にいらっしゃるという一つの証拠になるのかもしれないね。何しろこっちの出方次第で」

効き目があるんだからなあと言って、Dさんはもう一度苦笑した。

貧窮神の事（耳嚢巻之二）

近頃牛天神の境内に社祠出來ぬるを、何の神と尋れば、貧乏神の社のよし。彼宮へ詣貧乏をまぬがれん事をいのるに其靈驗ありしとかや。右起立を尋るに、同じ小石川に住む御旗本の、代々貧乏にて家内思ふ事も叶はねば、あけ暮となく難儀なしけるが、彼人或る年の暮に貧乏神を畫像に拵へ神酒・洗米など捧て祈けるは、「我等數年貧窮也。思ふ事の叶はぬも是非なけれど、年月の内貧なれども又外の愁もなし。ひとへに尊神の守り給ふなるべし。數年我等を守り給ふ御神なれば、何卒一社建立して尊神を崇敬なすべき間、少しは貧窮をまぬがれ福分にうつり候やう守り給へ」と、ちいさき祠を屋敷の内に立て朝夕祈りしに、右の利益にや、少し心のごとき事も出來て福もありしかば、牛天神の別當なるもの兼て心安かりければ其譯を語り、「境内の隅へ成とも右社倉をうつし度」由談じければ、別當も面白き事におもひて許諾なしけるにぞ、今は天神境内にありぬ。此事聞及て貧しき身は右社倉に詣ふで祈りけると也。敬して遠ざくの類おもしろき事と、爰に記しぬ。

プライド

Eさんは往来で餅を売る仕事をしている。

以前は両国橋辺りの辻で商売をしていたのだが、ある日を境にショバを変えた。

「どうも橋だとか川だとかが苦手になってしまいましてね――」

そういうことらしい。

その日。

朝からまったく客がつかず、Eさんはかなり落ち込んでいた。

餅は、鮮魚程新鮮さを求められるものではないが、昨日の餅ですと言って売ることは出来ない。作った分はその日のうちに売ってしまわなければ無駄になる。

ところが。

昼になっても一つも売れない。

「金もなかったんですよ。その日売れてくれなくちゃ翌日の仕込みも出来ない有り様でね。落ち込んでたというか、くさくさしていた。何とか売れてくれないかと、大声出して商売してたんですがね」

昼を過ぎた頃、橋の袂に浪人が現れた。

浪人は四五歳くらいの子供を連れていた。腰に二本差しているから辛うじて侍と知れるが、何処でどう身を持ち崩したものか相当の零落れ振りで、衣服はボロボロ、髪は伸び放題という風体である。浪人は、道行く人を呼び止めては頭を下げて、頻りに何かを頼み始めた。

「物乞いをしているんですね、お金を恵んでくれお金を恵んでくださいと、それは必死で頼んでるんですよ。いや、お侍さんも困っていたんでしょうが、お武家さまの頼みとはいえ、いきなりお金をくれと言われてもねえ。誰も見向きはしませんよ。まあ、こっちも同じような境遇ですからね、気持ちは解る。往来に情がない日というのはあるもんですよ」

そのうち子供が泣き出した。

どうやら腹が空いているらしかった。

浪人が幾ら宥めても、子供は泣き止まなかった。

そして。

浪人はEさんのほうに近寄って来た。

「厭な予感がしたんですよ。まあ、子供は不憫ですよ。それは解ります。親なら何とかしてやりたいと思うでしょうよ。その浪人は、暗い顔して私んとこに来て、こう、店の真ん前に立ってですね、今は一銭も持ち合わせていないが後で実入りがあったら必ず代金を支払うから、腹を空かした子供のために餅を貸し売りしてくれないかと、こう言うんですね」

朝からまったく実入りがないのだと浪人は言った。

それはEさんにしても同じことである。

「断りました。ケチった訳じゃないですよ。いや、客がつかなくてイライラはしてましたけどね、商品が惜しかった訳じゃないんですよ。餅なんて高価なもんじゃないですからね。実際、浪人があんなこと言い出さなけりゃ、私のほうから餅をあげてたかもしれない。子供は哀れでしたから。坊やあげよう、と言ってたでしょう」

でもねえ、とEさんは顔を顰めた。

「こりゃ言い訳染みてるんですが、餅を一個恵んでくれと言われたならね、あげないでもなかったと思うんですよ。まあ、どうせ売れ残るもんなんだし、あげていたでしょうよ。でもね、その浪人は金は必ず後で支払うと言うんですよ。そこがね、何とも未練たらしく聞こえたんです。こっちもね、少しでも売れてれば貸し売りだって考えないでもなかったんですよ。でも、餅を買う人もいないってのに、物乞いに金を恵んでやる者がいるとは思えないでしょうに。景気が悪いのは一緒ですからね」

浪人が金を作れると、Eさんには思えなかったのだ。

「つまり、結局は貸し売りじゃなくって、くれてやることになる訳じゃないですか。どうせ泣き落としで踏み倒される羽目になると、そう思ったんです」

どうせ金は払えないのだから素直に恵んでくれと言え——Eさんは、そう思ったのである。

お腹を空かせた子供は可哀想だったけれど、この期に及んで義を重んじるようなことを言うのはどうにも鼻持ちならない。町人であるEさんには、そうした武家のプライドが鼻についたのだった。

だからつれなく断った。

子供は益々（ますます）泣き叫んだ。

丁度そこに、雪駄（せった）直しの男が通り掛かった。

「まあ、雪駄直しというのは、非人さんの商売ですよ。つまり、私ら町人よりも身分の低い人達——ということになりますわな。その雪駄直しがね、見るに見兼ねたんでしょう、浪人に声を掛けた」

これは甚だ難儀なご様子です、お子様のため餅代を立て替えましょう——雪駄直しはそう言って、有り合わせの、たぶんなけなしの銭を出してEさんに渡したのだという。

金を貰った以上は誰であろうと客である。

Eさんは餅を浪人に渡した。

「私もね、内心ほっとしましたよ。その非人さんには、お礼を言いたい気持ちになりました。まあ、私も意地張ってただけで、意地悪がしたかった訳じゃないですからね。それに、私にしてみても、その日最初の商売ということになる訳でね。貰った額より少し多めにね、浪人にお餅を渡してやった。浪人はその雪駄直しに、忝ない、忝ないと何度も何度も丁寧に礼を言ってました。それから泣いてる子供に餅を食べさせた。いや、これでめでたしめでたし——と、なれば良かったんですが」

浪人は子供が泣き止むと、急いで往来に取って返し、再び物乞いを始めた。

「いや、私もね、その雪駄直しの男も、子供がお餅を美味しそうに食べるのを見ていたんですよ。二人ともああ良かったなあと、そう思っていた訳です。金が惜しいとか、恩を売ってやったとか、そういう気持ちはこれっぽっちもなかったですよ。お腹空かせてわんわん泣いていた子供がね、泣き止んで美味しそうにお餅食べてるんですからね、そりゃ良かったと思うでしょう。私もね、雪駄直しにお金を返してもいいような気分でしたからね。でも、それで目の前で返しちゃったら、折角の非人さんの親切が無駄になっちゃうでしょうに。だからまあ、ここのところはこれで収めてしまおうと、そう思ってたんですよ、私達は。ところが——その、子供の父親のほうはですね、そりゃ物凄い形相で、こう、人を捕まえちゃ金をくれ金をくださいと物乞いしてる訳ですよ。こりゃ何ともおかしな具合で」

悲壮な感じがしたのだそうだ。

雪駄直しも少し怪訝に思ったのか、立ち去らずに浪人の動向を気にしながら子供の横に止まっていた。

やがて浪人はEさんの店の前に駆け戻った。

幾人か浪人に金を渡した者がいたようだった。浪人があまりにも必死なので、きっと気圧されたのだろう。

そして浪人は握りしめていた貰いたての銭を雪駄直しに無理矢理押し付けた。

雪駄直しは面喰らったようだった。

「いや、まあ、慥かにね、借りたものを返すのは道理でしょうよ。でも非人さんにしてみれば貸したという感覚はなかったと思うんですよ。親切でしたことですし。それにねえ、こうあからさまにされると、どうなんでしょうね。頭は下げてるんだけど、感じ悪いでしょう。身分の低い者の施しは受けられぬ――という感じじゃないですか」

そして。

浪人は突然子供を抱き上げると橋の上から川に投げ落とし、自分も続けて川に飛び込んで、死んだ。

どうなんでしょう、これは――とEさんはとても悲しそうな顔をした。

義は命より重き事（耳嚢巻之二）

近き頃の事とや。いか成者の身の果なるや、兩國橋にて袖乞しける浪人、四、五才の子を連て往來へ合力をねがひけるが、或日往來の情もなくて一錢も貰ひ得ざりしに、其子空服〔腹〕に成りしや頻りに泣きて不止、親も不便に思ひて辻に出し餅賣に、「此者空腹とて歎けども未一錢も貰ひ得ず。後程貰ひなば可返間、一つ商ひ呉候樣」申ければ、餅賣聞て、「我等も今朝より商ひなし。難成」よしつれなく申ければ、いとゞ其子は泣さけびけるに、側に居し雪駄直しの非人、有合の錢を少々遣はし、「甚の御難儀也。立替進ずる」よし申ければ、辱由厚く禮いふて彼餅を調へ其子に與へ、往來へ願ひて錢乞ひ受彼非人へ戻し、其子を橋の上より川中へ投入、我身もつゞきて入水して果しと也。

気の所為

寺社奉行のMさんが語った話である。

Mさんの家にある土蔵の棟木の上に、木箱が一つ載せてある。

それは、もうずっと先から載せてあるものであるらしい。

まあ、どこの土蔵にも必ず得体の知れぬモノの一つや二つはあるものである。

土蔵などというものは長年に亙って使うものだから、これは仕方がない。奥に仕舞い込んでしまえば出しにくくなるし、代が替われば由来も何も判らなくなる。そうしたものがあれやこれやと蓄積されて行き、やがて未整理の我楽多で満載――ということになるものである。

しかし、棟木の上というのは珍しい。棟木に届く程堆く荷物が積み上げてあるという訳ではないらしい。それは、わざわざ載せたものなのだという。

載せたのは先代、つまりMさんのお父さんなのだそうである。

「なに、別段謂れのある品とかいう訳でもないし、不思議なものという訳でもないのだけどね」

Mさんはそう言う。

その昔。

先代の家臣の足軽が、毎夜大いに魘されるということがあった。

魘されるというより、酷く苦しむ。起きている時は何ともないのだが、横になると途端に苦しみ出す。まったく眠れないので昼間の体調も思わしくなくなり、職務にも支障が出て来た。病気と自己判断した足軽は医者を呼び、診察して貰った。まあ当然のことである。診断の結果は、健康状態に異常はないというものであった。

それでも夜毎苦しいのは敵わないから、薬を処方して貰ったり、あれこれと治療を施して貰ったのだが、効き目はなかった。

ある時、何に使ったか、枕元の刀掛けに掛けてあった刀を外して外へ持ち出すということがあった。

その夜、足軽は苦しまずに寝ることが出来た。

もしや緩解したのかとも思ったのだが、翌日の夜にはまた苦しくなった。

苦しんでのけ反って、ふと見ると、刀掛けに刀がある。刀は昼の内に元に戻されていたのである。

――真逆な。

足軽は、自分の苦痛はこの刀の所為ではないのかと、ぼんやりと思った。思いはしたが、同時にそんな妙な話があるだろうかとも思った。それは別に呪われているとか祟られているとか、そんな不穏な故事来歴を持った特別な刀ではないのだ。ごく普通の刀なのである。

それでも一度疑念を抱くと、中中その思いは払拭出来ない。

試しに刀を隣室に移してみると、また眠ることが出来た。

何度繰り返しても、刀があると魘される。

刀を遠ざけると安眠出来る。

これは刀の所為であると、足軽は完全に思い込んだ。そしてMさんのお父さんに申し出たのだった。Mさんのお父さんは、家来の言う奇妙な話を真に受けた訳ではなかったようだが、そんなことで仕事が滞ってもいけないと考えたのか、刀を箱に収めて、土蔵の中――しかも棟木の上に置かせたのだそうである。

「まあ親父はね、刀の所為だとは思ってなかったさ。ただの刀なんだし」

Mさんのお父さんは、刀の所為ではなく気の所為だと判じたのだった。

勘違いだ錯覚だという話ではない。その足軽は神経を病んでいたのだろうと、そうMさんのお父さんは判断したのである。

ストレス性の神経障碍は時に不可解な発露のしかたをするものである。

更に、ストレスの原因となっているのが何なのかが本人にも判らない場合は多い。そうした場合、原因を特定——特定というより何か具体物に仮託——することは有効である。たとえ思い込みであったとしても、その具体物を取り除くことで症状が和らぐようなケースも多い。

本人が刀の所為だと思い込んでいるなら、それを取り除いてやればいい訳である。

「別の部屋に移すだけでも良かったんだろうがね、親父曰く、下下の者は暗示に掛かり易いのだ——とね。刀を移した先の部屋の者が次次に魘されたりしたのでは堪らんからね」

気の所為、なのである。ならば他の者にも伝染しかねない。

枕元の刀が怪しいと思ってしまえば、気にもなる。

無用な緊張を強いることになる。

「そういう意味では、土蔵で寝る者はいないからね。土蔵に入れてしまおうという発想は、まあ、真っ当なものさ。だからといってわざわざ棟木の上に載せることもなかったんだろうが——妙な噂が立つと、試してみよう、悪戯をしてみようという、不届き者が現れるからな。あんなところに置いてあれば、まあ目立つけれども、取り出すのは難しいだろう」

Mさん自身、どんなものか見てみたいと再三言っているのだが、まだ見たことがないのだそうだ。

「家来が止めるんだな。何か変なことが起きちゃ厭だと言う。臆病なんだ。そんなもの見なくたって困りはしないから、言う通りにしているけれどもねえ」

Mさんは気の所為というのも中中難儀なものだと言って笑った。

※

Mさんの話を聞いて、筆者（根岸）は別の話を思い出した。

山梨のOさんの家の話である。

Oさんの家には、先祖伝来の立派な長刀がある。

武田信玄公から下賜されたと伝えられる刀だそうだから、謂わば一種の家宝である。

この長刀は玄関の鑓掛けに錺ってあるのだが、時折り、悪さをする。

玄関であるから、通常は寝泊まりするような場所ではないのだが、何かの折に侍どもが詰めたりすることもある。

玄関先で仮眠する時に、もしも長刀に足を向けて寝たりすると――。

必ず枕返しにあう。

枕返しといっても枕がはずれて脚のほうに来るそれではなく、寝ている人間のほうがぐるりと回転するのだそうである。

必ず綺麗に半回転するのだから寝相が悪いでは済まされない。

誰であっても、ほんの僅かうたた寝しただけでも、足を向けて寝ると必ず頭と脚が反対になっているのだという。

足を向けて寝なければ、何も起きない。

これも、気の所為なのだろうか。

怪刀の事（二ケ條）（耳嚢巻之四）

松平右京亮寺社奉行にて被咄けるは、同人家に二、三代も箱に入て土藏の棟木に上げ置刀あり。右は右京の亮先代の足輕、毎夜うなされて甚苦しみける故、子細もありやと色〳〵療治などせしが、不斷はさしたる事なし。不思議なる事とて枕元の刀を外へ遣し臥せしかば、聊其愁なかりし故、「全刀の所爲なるべし」と、右刀を枕元に置て臥せば、また前の如くうなさるゝ故、其譯を申立主人へ差出しけるを、右之通藏の棟木へ上げ置よし申傳へ、いかなるものにや改見んと思へ共、事を好に似たりとて家頼も押へ止る故、其通打過ぬと語りけ〔る〕也。

又

小田切土佐守は其先甲州出の事なれば、武田晴信より先祖へ与へし長刀、今に所持して玄關の鑓掛に餝り置しよし。折節玄關に詰る侍ひ跡などに致し臥せば、必まくら返しする事度々のよし。營中にて物語りしを記し置ぬ。

もうすぐ

麻布(あざぶ)のあたりに住む、別のMさんの話。

そのMさんの娘さんが、このたびめでたく妊娠した。

しかし、Mさんは手放しで喜べなかった。実は、Mさんの娘さんはまだ独身なのである。

気がついた時にはもうお腹が大きくなっていて、今更堕胎することも出来ない状態になっていた。

当然妊娠の兆候はあったのだろうが、家族は誰一人気づかなかったのである。

まあ気づかなかったのも無理はない。

相手がいないのである。

どう思い起こしても、何も思い当たることはない。

そんな素振りもなかった。恋愛をしているような気配もなければ、男遊びをしているような様子もまったくない。

いや――昨今の若い娘は蔭で何をしているか判ったものじゃない、親の目を盗んで男と逢引でもしていたのだろうと――まあ世間では一様にそういうのだけれど、Mさんの娘さんに限ってそんなことは考えられなかった。

Mさんの娘さんはとても真面目な人柄で、かつ晩稲だった。いまだ嘗て男性と付き合ったことなど、ただの一度もなかったのである。

そのうえ娘さんはほぼ四六時中親元にいる。一人で出掛けることなどないし、男が密かに通うことも出来ない。

親に隠れて交際しようにも、まず出会いがない。

それでもお腹が大きくなったことは事実である。

好きな男がいるのなら、まあこれも仕方がないとMさんは思った。それに、考えたくはないが、もしや何者かに乱暴された結果――ということもある。そこでMさんは娘にあれこれと尋いてみた。

神に懸けて覚えはない、と言う。仏に誓ってもいい、とまで娘さんは言った。

そうはいっても、ひとりでに腹が膨れることなど考えられない。

「今月――臨月を迎えます」

Mさんは暗い顔で言う。

「まあね、母体のほうは順調です。つわりもありますが、それは誰にでもあることでしょうしね。父親が誰だろうと、生まれて来る子に罪はない訳ですし、私にしてみれば可愛い初孫ですよ。娘の言うことを信じるなら、父親はいない、ということになるんですが——私は信じられない。神仏の霊験で受胎するような喩(たと)え話ではない、これは、現実の私の家の話ですよ。父親は必ずいる——いや、まあ、それはいいんです。娘が言いたくないだけなのかもしれませんしね。でも——」

最近、娘の腹の中の子供が喋るんです、とMさんは言った。

「何を言っているのかは聞き取れないんですが——お腹の中から、ごにょごにょと何か喋(しゃべ)る声が聞こえるんです。みんなが聞いている。ええ、私も聞きました。聞き違いじゃないですよ」

あれは言葉を喋ってるんですとMさんは繰り返した。

「いったい何が生まれてくるんでしょう」

もうすぐなんですよと言って、Mさんは頭を抱えた。

怪妊の事（耳嚢巻之四）

松平性〔姓〕にて麻布邊の寄合の家來、娘ありしが、いつ比より懷妊して只ならぬ様子なりしが、其性質隱し男などあるべき人柄に非ず、父母の側に朝暮立離れず、心を寄するとおもふ男もなければ、家内大に怪みて右の娘に色〳〵尋問しけるに、「曾て聊覺へなし」と、神にかけ佛に誓ひて申けるが、寛政八年の四月は臨月に當りしが、近き頃は服〔腹〕中にて何か物言ふ様成様子にて、其言語抔不分といへども娘が腹中の物音は相違なしと人の語りしが、程無く出産もなしなば如何なる物や生れけんと、人々の怪み語りしを爰にしるしぬ。

百年の間

播州皿屋敷という有名な浄瑠璃がある。

その物語の元になった話、というのを耳にした。

元禄時代の話というから、もう相当前のことである。

物語でも主役扱いになっている青山播磨守が、尼崎の城にいた時のことだという。その播磨守の家来にKという男がいた。家禄も少なからず貰っていたようだから、まあそこそこの身分官職にあった男なのだろう。

このKの妻というのが、それは嫉妬深い女だった。Kは菊という名前の下女を召し抱えて重用していたのだが、妻はそれが気に喰わなかった。

ある時、Kの妻は椀に盛られた飯の中に針をこっそり差し込んで、その膳を菊に運ばせた。

Kは激怒した。

ゴミが混じっていた虫が入っていたという話ではない。入っていたのは縫い針なのであるから、これは食事に混じる訳もないものである。あからさまに食べる者に危害を加えるべく、作為的に混入された異物、ということになる。

妻は、菊の仕業だとKに告げ口した。

Kはその言葉を鵜呑みにし、使用人の分際で主に危害を加えようとするとは許せぬ行い――と言うや否や菊を縛り上げ、頭から古井戸に投げ込んで殺害してしまった。

慥かに怒る気持ちは解らないでもないが、この仕打ちは酷すぎる。何より菊には動機がない。子供染みた嫌がらせをする妻も妻だが、その妻の讒言を真に受けるKも、単純としか思えない。

菊の母親というのも、この仕打ちに抗議する気だったのか、或いは娘が不憫と思ったのか、同じ古井戸に身を投げて死んだそうである。

その後Kも程なくして亡くなり、時を経ずしてKの家系は途絶えた。

百年前のことですよ、と話してくれたF君は言った。

「有名な皿は出て来ませんね。古井戸から幽霊が出て来て、一枚二枚と皿を数えるから皿屋敷なんでしょうが、この話は違います。しかし、私が聞いたところでは、これが実話――ということらしい。まあ、何処まで本当かは知れませんけれど、昔、下女が不当に殺されるというような事件があったのでしょうね。随分と酷い殺され方ですけども」

お皿どころかお化けさえ出ない、と言ってF君は笑った。

「まあ、針を入れた疑いでお手討ちとなれば、皿を数えようもないですし、母親と一緒じゃ化けて出てもサマになりませんしね。この話はこれで終わりなんですな。ただ、そのKさん家の係累はすぐに絶えてしまった。要は家名が断絶してしまった訳で、そのあたりのことを祟りと受け取るならば、まあ祟りはあった、ということになるんでしょうが、そうだとしたってね。それに就いてはそれで幕です。祟りだの因果応報なんてものは、どれもそうしたもんでね、後講釈で語られるものでしょう。だからまあ、ひゅうどろと幽霊が出るなんてことはありませんよ」

幽霊ってのはつくりものなんでしょうねえとF君は言う。

「でもね」

F君はそこで顔を顰めた。

「幽霊なんてものは、まあいない。歌舞伎やら読本やらに出てくるようなお化けなんてのは出ないんでしょうけどね、何と言いますか、怨念というか執念というか、そういうものは中中消えないものらしいですね。その話ですけど、百年ばかり前の話ということは——お菊さんが死んだのも百年前。そうならお菊さんの百回忌ということになりますでしょう」

その話が事実なら、慥かにそうなるだろう。

出たんです、とF君は言った。

「出た も出た、大量に涌いた。まあ、正確には、百箇年は去年だったようなんですけどね。で、去年、摂州の岸和田にある侍の邸の井戸から、そりゃあもう夥しい数の――」

虫が涌いたのだとF君は言った。

「お化けじゃなく虫です。丁度、玉虫か黄金虫のような形の虫らしい。そんなものは普通、井戸から涌きはしませんでしょう。それがもう、浮塵子の如く涌き出して、ちょっとした騒動になったんですよ」

虫が涌くのは迷惑なことだろうが、騒動というのは大袈裟である。

そう言うとF君は、問題は虫の形ですよと答えた。

その虫を捕まえて、虫眼鏡で観察してみると――。

「女の形なんですよ。しかも女が後ろ手に縛られている格好なんですね。いや、私も見せて貰いましたからね。俳諧の宗匠のSさんが摂州を行脚した時に手に入れて、二つ三つ懐に入れて持ってきたんですよ」

慥かに女の形でしたとF君は言った。

※

後に、やはり俳諧の宗匠のTさんもその虫を手に入れ、江戸に持ち帰ったのだという話を聞いた。

Tさんはその虫を箱か何かに大事に仕舞い込んでおいたのだという。仕舞い込んだまま年を越し、春になってから思い出して、Tさんは虫を人に見せようとした。ところが虫は蝶になっていて、箱を開けた途端に飛び去ってしまったということである。

この話はどうも信じられない。

羽化したというのなら、採集したのは幼虫か蛹だった、ということになる。

蛹だったとして、羽化するのに半年以上かかるというのも妙だし、疾うに羽化していたというなら箱の中で越冬して生きている訳がない。

何よりF君の話だと虫は甲虫で、しかも井戸の周りを飛び廻っていたということだから、Tさんの話が本当だとしてもこれは別の虫である。何をして菊なる娘の遺恨の変化としたのかも判然としない。

と――あれこれ考えているうちに。

その虫の死骸が奏者番のGさんの家に持ち込まれたらしい――という情報が入った。

そして筆者（根岸）も、実際にその虫をこの目で検分する機会に恵まれた。Gさんの実弟である尼崎当主のT君が、お兄さんの家からそれを持ち出し、わざわざお城まで持って来てくれたのである。

結論から言えば、それは蛹ではなく、やはり成虫のようだった。

私の見たものは脚が六本ある昆虫で、コオロギのヒゲのような糸で木の小枝に繋がっていた。

　Ｆ君は後ろ手に縛られた女の姿に似ていると言っていたのだが、別段そんなことはなく、ただ後ろから見る限り、慥かに櫛を差した女の顔の形をしていた。

　百年前の下女殺しの話が嘘であろうと真であろうと、虫の背中が女に見えることは間違いなかった。

　この虫が噂の通りお菊の怨念の変化だとするなら――。

　百年の間、お菊さんはどうして沈黙していたのでしょうねえと、Ｔ君は不思議そうに言った。

菊むしの事（耳嚢巻之五）

攝州岸和田の侍屋舗の井戸より、寛政七年の頃夥しく異蟲出て飛回りしを捕へ見れば、玉むし・こがね蟲のやうなる形にて、巨細に蟲眼鏡にて是をみれば、女の形にて手を後ろ手にして有りし由。素外といへる誹諧の宗匠行脚の時、ひとつ二つ懐にして江府に來り知音者に見せけるを、豫が許へ來る者も顯然と見たるよし語りぬ。津富といへる宗匠もひとつもらひて仕廻置、翌寅の春人に見せるとて取出しけるに、蝶と化して飛行しと也。右は元錄〔祿〕の頃青山家厄〔尼〕が崎在城の時、右家士に喜多玄蕃と言ひて家錄〔祿〕少からず給はりし者の妻、甚妬毒深く、菊といへる女を玄蕃心をかけて召仕ひしを憤りて、食椀の中に密に針を入て右菊に配膳させしを、玄蕃食しかゝりて大に怒りければ、「菊が仕業なる」よし、彼妻讒言せし故、玄蕃なさけなくも菊を縛りて古井戸へ逆さまに打込殺しけるより、下女の母も聞て倶に古井戸の内へ入て死せし由。其後右玄蕃が家は絶〴〵に成りしとや。今は領主もかはりて年へけるが、去年は百ケ年忌に當りしが、菊が怨念の殘りて異蟲と變じけるや。播州皿屋鋪といへる淨瑠理など有しが、右の事に本づき作りけるやと、彼物語りせし人のいひぬ。

於菊蟲再談の事（耳嚢巻之五）

前に記すお菊むしが事、尼ケ崎の當主は松平遠江守にて、御奏者番勤仕ある土井大炊頭實方兄にて、土井家へ爲見られし右むしを營中へ持參にて豫もみしが、前に聞し形とは少く違ひて、後より見れば女の形に似たり。後ろ手に縛りてはなく、蛼の髭のやうなる者にて小枝のやう成るものに繫あり。圖大概を左に記す。委細の書記も土井家より借てみしが、別に記しぬ。

抜ける途中

H君の若い頃の話。

H君の家に仕えていた家来のIさんが病気になった。Iさんは大勢いる家来の中でもH君のお気に入りの一人で、H君は彼を非常に信用し、常に身近において仕事をさせていた。のみならずプライベートではH君自ら彼の住む宿舎に出向くことさえあった。

Iさんは謂わばH君の側近だったのだ。

その側近が病に倒れたのでH君は心を痛めた。

軽い病ではなく、医者の話では全快することは考えられないということだった。気にはなるものの、H君はどうすることも出来なかった。幾ら側近と雖も、雇用者側という立場上、Iさんだけを特別扱いすることは出来ない。患っているとはいえ、彼は大勢いる家来の中の一人に過ぎなかったのだ。

勿論、付き添って看病することなど出来ない。

容体を知りたくても、職務中に他の家来に執拗く尋ねることは憚られた。

外出した際に同道した家来達から様子を聞くくらいのことしか、H君には出来なかったのである。

ある時、H君は幾人かの家来を連れて馬場に出た。

日も暮れて仕事も一段落したので、H君は道道、家来達にIさんの様子を尋いた。家来達は顔を曇らせ、どうも良くないようですよ、と答えた。悪くなる一方だ、というのである。

暗い気持ちになって、H君は家来達と共に宿舎のほうに向かった。

Iさんは今頃あの長屋の一室で苦しんでいるのだろうなと思い、ふとH君が目を遣ると――。

何か、小さな火種のようなものが門口に落ちている。

煙草の吸い殻かと思ったが、少し違う。

吸い殻の火より少し大きい。

炎とまではいかないものの、火が燃えている。

火を点けた蠟燭の芯を切り落として置いたような感じである。

これは――危ない。

玄関先に火が燃えているなどという状況は通常ならあり得ない。放火かもしれない。

H君は家来達にすぐに消すように言った。

「火の元には気をつけなくちゃいけない。火事にでもなったら大変だよ。中には病人が寝ているんだし」

H君の言葉を受けて、家来の一人が踏み消そうとその火に駆け寄ると――。

火が、すっ、と上がった。

家来は踏み止まった。

火はそのまま三十センチくらい宙に浮き、また下がった。

そして今度は六十センチくらいまで浮き上がった。

おおよそ三十センチ程の振幅で上がったり下がったりしながら、火は徐々に浮き上がり、程なくして軒口の辺りまで上がった。

H君も家来たちもただ見つめるしかなかった。

軒まで上がった火は、ぼう、と膨張して茶碗くらいの大きさになった。

ぞっとした。

まさに身の毛が弥立つという感じ、だったそうである。

浮いている火を消すことは出来ない。

普通の火でないことは歴然としている。

家来達に火の用心だけは怠るなとだけ伝え、H君はそのまま屋敷に戻った。酷くおぞましい気持ちになったからだそうだ。

「その火がどうなったのかは知りませんが、その直後――夜のうちにIさんは死にました。あれが人魂なら」

抜ける途中だった――ということなんでしょうねと言って、H君は苦笑いをした。

人魂の起發を見し物語の事（耳嚢巻之十）

日野豫州若輩の時、同人家來久しく煩ひて全快すべき體にあらず。側向を勤め、したしく仕ひける故、長屋へも尋たる事有りしが、馬場へ出て暮過に外家來を召連、かの煩ふ家來の事抔尋て歸りけるに、右煩ふ家來の長屋門口に、吹殻よりは少し大きく蠟そくの眞を切りしというべき火落てある故、「火の元の不宜、踏消し候へ」と言ひしが、見るが内に右の火壹、貳尺程づゝ登り下りして、無程軒口程に上りければ茶椀ほどに大きく成りしが、何となく身の毛よだつやうなれば内へ立歸りしが、果して其夜彼家來身まかりしと、豫州かたりぬ。

血は出たけれど

U家の下屋敷だったか上屋敷だったか、聞いたのだけれど忘れてしまった。

最近、こんなことがあったという。

参勤交代があると、地方から大勢の人間が江戸にやって来る。新しく来た者は交代まで江戸に住むことになるのだが、勿論その度に家を建てたりする訳ではない。当然ながら、江戸にも社宅のようなものはある。

ただ、社宅といってもいろいろなタイプがある。建物にも身分役職に見合った格というのはあるのである。重役クラスをボロアパートに住まわせる訳には行かないし、ヒラに一軒家を宛てがう訳にも行かない。まあ、参勤交代を機に勤務地が変わって郷里に帰る者もいる訳で、空いた部屋を考慮しながら調整をするのだが、しかしそうやって割り振って行くと、数が合わなくなることもある。

さて――。

先日、U家家臣のJという男が、已むない事情があって少し遅れて上京して来た。

ところが、到着してみると、Jに相応しい住居は全部塞がっているという。

しかし、そう言われても困る。他のことなら兎も角、住む処がなければ暮らしては行けない。仕事も出来ない。上京した意味がない。

Jが嚙みつくと、一軒だけ丁度良い空き家があるが、という。Jの身分にも相応しい大きさの、手頃な家だった。

あるなら何故入れてくれないとJは抗議した。

事情は切迫している。Jは何としてもそこに入居すると言った。

「でも、あの家はねえ」

不動産を管理している江戸詰めの職員は、顔を歪ませてこう言った。

「どうも、ヤバいんですよ。あそこに住むと運が向かなくなる。立て続けに妙なことが起きたり、人間がダメになって自滅したり、仕事上都合良くないことに巻き込まれたりして――まあ、だいたい辞めちゃう」

その家に住むと、どうも例外なく職を退くハメになる――というのである。

「理由は様様なんだけどね。体調を崩したり、まあ魔が差して悪いことしちゃったり、事故に遭ったりさ。クビになった者もいるよ。だからそれぞれ関連性ってのはないのだけれど、退職していなくなるのは全部あの家に住んだ人ばかりさ」

そんなのは偶然だろうとJは喰い下がった。係の者は困惑した。

「いやあ、偶然と言っちゃえば、まあそうなんだろうけど、他の屋敷じゃそういうこともないしねえ。その件は殿様にも伝わっててね、まあ験が悪いから使用不可ということにせえ、と」

「バカバカしい」

Jという男は気丈夫な男だったのである。

「あんたにも立場はあるだろうし、仕事だろうからお殿様の命令は守らなきゃいけないんだろうけどな。あのな、あんたもそんなことでお殿様を煩わせちゃいかんよ。もう少し融通を利かせろよ。まあ、うちのお殿様は部下に対しても気配りをするタイプだからね。下下があんまり怖がるからそんな命令を出したんだろうと思うよ。いや、気にすることはない。俺は平気だから。迷惑は掛けないって——」

Jは半ば無理矢理その家に入居してしまった。

Jの意思はすぐにお殿様にも伝えられたが、J程の豪の者なら構うまいと思ったものか、殿様もJの好きにさせることにしたようだった。

何より、壊れている訳でもないのに家を一軒空けておくのは不経済である。使えるものなら使って貰うに越したことはない。

住んでみると何ごともない。

いつまで経ってもまったく何ごともなかった。

Ｊにしてみればそれは想定の範囲内のことだったから、別段ほっとするでもなく、びくびくするでもなく、ごく普通に暮らしていたそうである。

ところが。

ある夜のこと。

Ｊが書見台に本を載せて一人読書をしていると、見知らぬ老人がぬ、と現れた。

何処から侵入して来たものか、老人は挨拶をするでもなく、真っ直ぐＪの前に出て、そのままぺたんと座った。

――この野郎。

負けん気の強いＪは、ちらっとその姿を見たのだけれど、こちらから挨拶する謂れもないからと、無視をした。本来、相手は不法侵入者なのであるから一刀両断にしてもいいようなものなのだ。

無視で済むだけマシである。

老人は無視をされてもずっと黙ってＪを見詰めていたが、やがて手を広げて飛び掛かるような仕草をした。バカにするなとばかり、Ｊは老人を取り押さえ、首根っこを押さえつけて、

「お前誰なんだッ。何だってここに来たッ」

と、高圧的に問い質した。

怪しいのは老人のほうなのであるし、この場合何の遠慮もいらない。

老人は、

「わ、儂はこの場所にずっと前から住んでいる者だ。いいか、あんたがここに居続けるなら、そりゃあんたのためにならないぞ。きっと悪いことがあるぞ」

と、苦し紛れに脅すようなことを言った。

Jは老人を更に押さえつけて馬乗りになり、大いに嘲笑った。

「バカなことを言うんじゃない。あのな、俺はこの家を殿様から下賜されたんだ。ちゃんと許可貰って住んでるんだぞ。お前、家臣でも何でもないのに誰の許可を得て住んでるんだよ。勝手に住みついてるなら犯罪だ。お前のほうが悪いんじゃないか。脅したって無駄だ、こら、お前、前から住んでるって、いったい誰に許可を得たッ。答えられるなら答えてみろッ」

Jが高飛車にそう告げると、老人は返事に窮した。

当然である。筋が通っているのはJのほうなのだ。

老人は、

「勘弁してください、許してください」

と、詫びた。

まあ謝るならば許さないでもない。この年寄りはたぶんホームレスなのだ。それが勝手に屋根裏か物置きにでも住みついていたというだけのことなのだ。謝罪してすぐに退去するというならJには何の不都合もない。

まあ、過去の退職者続出騒ぎの真相がこの年寄りの脅しにあったのだとしても、こんなジジイの繰り言に怯えて職を失ったのであれば、それはもう怯えたほうが悪いということになるだろう。Jはそう考えたのである。

「いいか爺さん。これから心得違いはするなよ」

Jはそう諭すと、乗っかっていた膝の力を緩めた。途端に老人はすっと何処かに消えてしまった。

畏れをなしてすばしこく逃げたのだろうと、Jはまったく気に留めなかった。

その、二三日後。

U家の目付役と名乗る男が供の者を連れてJの許を訪れた。

「ご主人様の命令で遥遥国許から来た。J君に面会を願いたい」

男は使用人に向けそう言った。

お殿様直直のエージェントであれば、これは非礼があってはならない。Jは早速二人を座敷に通し、きちんとした服装に着替えて面会に臨んだ。

目付は開口一番、

「いや、残念なお報せなんだが——君の評判はとても悪いんだ。君、この間も大きなミスをしただろう」

と言った。

Jは正直身に覚えがなかったから、ぽかんとしたそうである。

「そのミスがだね、悪いことにお殿様の耳に入ってしまったんだ。お殿様はそれはお怒りになられてね、厳重に処罰を下すようにとのご命令だ。まあねえ、これは、ルールに則るなら死罪——しかも打ち首だからねえ」

目付と供の者は顔を見合わせた。

「いや、君の上司レベルで止められてれば良かったんだがね、トップに情報が流れてしまってはもう、下の者ではどうしようもないんだよ」

Jは益々呆気にとられた。

いきなりの死刑宣告である。

「とはいえ、今まで職務に励んでくれていた君に、いきなり打ち首を通告するというのはね、まあ役目とはいえ忍びないもんだから。武士にとって打ち首というのはただの死刑じゃない、恥だからね。そこで——だ。ここは武士の情、せめて切腹をさせてやることは出来まいか——と思ってね。いや、今更減刑することは不可能なのだが、私が君に死罪を通達する前に、君が自主的にだね、己が罪を悔いて切腹した、という形で処理することは出来る訳でね。どうだ、切腹してはくれまいか」

そうでないと斬首ということになる、と目付は言った。

慥かに、罪に問われて首を斬られるのと罪を償うために切腹するのとでは、死後の扱いがまるで違う。

まるで違うが、死ぬことに変わりはない。Jは即答した。

「委細、承りました。恩情痛み入ります。ご提案畏まってお受けいたします。切腹しましょう。ただ、切腹するにも色色と用意が要る。まあ、後でちゃんとしますからここはお帰りください――と言っても、お立場上そうも行かないのでしょうから、早速用意をいたします。少少お待ちください」

Jはそう言って席を立ち、お勝手に向かった。

そこで使用人に申し付け、近所に住んでいるそれなりの身分の同僚や上司を呼んで来て貰った。

こっそり目付の首実検をして貰おう、と考えたのである。Jは屋敷を訪れた男にまったく見覚えがなかったのだ。まあU家の家臣は大勢いるから、Jも全員の顔を見知っている訳ではなかったが、少なくとも偉い人の顔は知っている。目付といえば身分の低い者ではない。まるで記憶にないというのは不自然である。怪しい。

集まった者は口を揃えて、

「あんな奴は知らない」

と言った。

「そうだろう。知らないよな」

Jは同輩たちにそのことをしっかり確認すると、使用人に棍棒などを持たせて各所に配置し、準備万端を整えた後、座敷に入った。ニセ者と確信したのである。

そして、こう言った。

「どうもどうもお目付様、お待たせいたしました。その、実はですな、先程申し渡された一件なんですがね、まあ私も畏まって切腹したい——ところなんですが、よく考えるとどうもおかしい。私はどうも、そのミスというのをした覚えがないんですよ」

そう言った。目付二人は不審げな顔をした。

「いや、まああなた方を信じない訳じゃないんですが、記憶がない。ですから、一応上司に相談しましてですね、その筋に申し立ててみようと思うんですな。まあ、冤罪ということも、もしかしたらあるかもしれない。腹を切るにしても、有罪が確定してからでも遅くはないだろうと」

目付は酷く不快な表情を見せた。

「しかしことを公にしてしまえば切腹では済まされなくなるぞ。打ち首になる。だから私がわざわざ国許から」

「いやいや、そのですね、実を言うと、私は——お二人を国許で見掛けたことがないんですよ。失礼ですが、郷里ではどの辺りにお住まいでしたかな？　お屋敷はどちらです？　勤続何年でいらっしゃいますか？」

Jが矢継ぎ早に問い詰めると、二人はいっそう顔を曇らせた。

「私達は武士の情を以て、こうして君に情状酌量の恩情をかけているんだぞ。本来なら事務的に死刑宣告して終わりなんだ。君は質問する立場にはないんだよ。況てやそんな個人情報に関する質問に答える義務はないッ」

「そうかい」

Jは襖を全開にした。

「そうだろうと思って人を集めておいたんだ。こら、お前らを知ってる者はU家家臣には誰もいないぞ。目付の名を騙る不届き者はお前らのほうだなッ」

Jは刀の柄に手を掛けた。二人は大いに狼狽し、立ち上がって逃げ出そうとした。こうなればもう疑う余地はない。これはまことに悪質な身分詐称である。切腹させられそうになったのだから、悪戯では済まされない。

Jは抜き打ちに斬りつけた。

手応えはあった。

目付を名乗った男は負傷し、血を流しながらも必死で逃走した。供の者も、使用人達に寄って集って殴られて一度は昏倒したが、それでも這う這うの体で逃げ去った。

それ以来、Jの屋敷に怪しいことは起きていない。

いや、Jにしてみれば怪しいことなどただの一度もなかったことになるだろう。

Jは、不法侵入――というより屋敷を違法に占拠していたホームレスの老人を追い出し、その後身分を詐称してJに自害をさせようと仕掛けて来たなりすまし詐欺を成敗した――だけである。

いずれも、ただの犯罪である。

怪異ではない。

ただ、どう考えてもおかしな話ではある。

まず、この二つの事件は関連しているのか否か。

一見、老人が追い出されたことに対する報復劇——というふうにも思えるのだが、そうすると老人と目付に化けた男たちは一味だ、ということになる。一味だとして、彼らはいったいどんなことをする一味なのだろう。

それ以前に、Jより前にその屋敷に住んでいた人人は、本当にあの年寄りを怖がって家を出たのだろうか？

いや、住人達は家を出たのではない。悉く身を持ち崩しているのだ。

もしかするとJの時と同じように、何か巧妙な罠に嵌められたのかもしれない。

職を失えば社宅にはいられなくなる。追い出すのが目的ならば、失職させるのは有効である。

そうならば、やはり老人と男たちはグルと考えた方が筋が通るようにも思える。思えるけれども——。

それでもこれは、やっぱり考えにくい。

そんな大掛かりな芝居を打ってまで、連中は屋敷に老人を住まわせたかったのだろうか。それとも他に何か理由があったのだろうか。

一方で、両者は無関係だとしてしまうと、それはそれでいっそう訳が判らなくなることも事実なのである。

Jは気にしていないようなのだが、実は老人が煙のように掻き消えてしまった――という不思議もある。

何か、怪しのモノだったのではないのか。そう考えたほうが無理がないようにも思える。でも。

「何言ってんだ。斬って血が出るんだからただの人間だって」

Jはそう言って譲らないのだそうである。

上杉家明長屋怪異の事（耳嚢巻之十）

上杉家の下屋敷や、また上邸や、名前も聞しが忘れたり、近頃の事なりし由。交替の節にや、交代長屋も多く塞りしに、相應の役格のもの跡より登りて、其役相應の長屋無之、一軒相應の明長屋あれ共、右長屋住居のものは色〳〵異變有て、或は自滅し又は身分難立事など出來て退身などするとて、誰も住居せず、主人にも聽に入候程の事也。然るに右某は至て丈夫なりける故、右長屋に住はん事を乞ひければ、其意に任せけるに更に怪敷事もなかりしが、或夜壹人の翁出て、見臺にて書を見居たる前へ來りて着坐なしけるを、ちらと見けれ共一向に見向もせず居たりしが、飛も掛らん體をなしける故取て押へ、「汝何者なれば爰に來りし」と申ければ、「我は此所に久しく住める者也。御身爰にあらば爲惡しかりなん」といゝける故、大にあざ笑ひ、「我は此長屋主人より給はりて住居なす。汝はいづ方よりの免しを請て住居なすや」と申ければ、其答に差詰りしや、「眞平ゆるし給へ」といふ故、「已來心得違不可致」とて膝をゆるめければ、かき消して失ぬ。扨日數二、三日過て、屋敷の目付役なるもの兩人連にて來り、「主人の仰を請て來れり。面會可致」旨申故、着用を改め其席へ出ければ、彼目付申けるは、「御自分事何〳〵の不屆の筋御聽に入、急度も可被仰付候得共、自分存念を以、覺悟之儀は勝手次第」之段、申渡しければ、「委細被仰渡之趣奉畏候。用意之内暫御扣可被下」旨申述、勝手へ入て召仕へ申付、近邊に住居のものを急に呼寄、密に彼目付役を爲覗しに、「一向不見覺者」のよし故、「左こそ有べし」と、召仕共へ申含め、棒其外を爲持立忍せ、扨坐敷へ出て、「被仰渡之趣畏候て切腹も可致候得共、得と相考候得ば、一向御尋之趣身に覺なき事なり。委細其筋へ申立候上、兎も角も可致。然る處我等は御在所より出立各樣をも御見知不申、御屋敷内何方に住居有之、何年被勤候哉」抔と尋ければ、「我等主人の被仰渡を以申渡に罷越候。餘事之答に不及」趣申ける故、「左あるべしと思ひて、當屋敷案内の者も呼置たり。全く紛れものゆるさじ」と、刀に手を掛ければ、兩人共うろたへて逃出しを拔打に切ければ、手を負ひながら形を顯はし逃去りしが、供の者をも中間など棒を以叩き倒しけるが、是もはう〳〵逃去りける。此後はたへて右長屋に怪異絶けるとなり。

別人

夏に聞いた話。

御先手組(おさきてぐみ)のN君の配下の者ということまでは覚えているが、名前は忘れてしまった。

仮にPさんとしておこう。

そのPさんが当番の日、仕事先で俄(にわか)に乱心した。何やかやと喚(わめ)き散らし、愚にもつかないことを語り続ける——それは酷(ひど)い錯乱状態だった。

N君はPさんを早々に家に帰し、自宅療養を命じた。長期加療を許したのでやがてそうした奇行は止んだようだが、現在は反対に、まったく口を利かなくなってしまったそうである。

理由は皆目判らなかった。しかし、祟(たた)りだと言う者もいた。

乱心する少し前。

Ｐさんは土木工事をしたのだそうだ。庭を造らせたか井戸を掘らせたか、要するに自分の所有する地所を掘り返した訳である。

その作業中、土中から何かの塊が掘り出された——という報告があった。どうやら仏像だと職人さん達が言うので、Ｐさん自身が検分してみると、慥かに土くれは仏様の形をしていた。

そこでＰさんはその塊を洗い清めさせることにした。綺麗にしてみると、まさに仏像である。しかも、大層造りの良い、立派な仏像だったという。

こうした場合、これはめでたい、瑞祥に違いない——と、考えるのが常というものなのだろうし、そうなれば、後はお祀りしよう、お堂を建てようと、そうした方向に話が進むことが多いものなのだろうが——実際にはそうならなかった。

Ｐさんという人は、俗に謂うかたまり法華宗——つまり頑迷なまでに深い信仰を持った日蓮宗の信者——だったのである。

日蓮宗では他宗で信仰されている宗教的偶像を有り難がることをしない。そもそも偶像崇拝自体に重きを置かないようである。

Ｐさんはそれは熱心な信者だったようだから、そうした教えに則って、あまり喜ばなかったという訳である。いや——あまり、というより、はなはだ喜ばなかったと言っていい。

仏像の処遇に窮したPさんは、サテどうしたものかと思い悩み、その道に詳しい友人や、果てはお坊さんにまで相談した。

しかし誰もが、

「これは作った人こそ判らないが、相当に良い出来だよ。造作も細工も素人の技ではないし、余程教養ある人が作ったに違いないものだ。イヤ、大事にしたほうがいいと思うよ。有り難い仏様だし、かなりの値打ちものだよ」

と、口を揃えて同じようなアドバイスをくれた。まあ、Pさんにしてみればあまり面白くない結論だった。

宗旨違いの像を大事に取っておくなど、どう考えてもPさんの主義に反する行為である。しかしそこまで言われてしまっては捨てにくくなる。他人に譲り渡そうかとも思ったのだが、どうもPさん、そこで少しだけ欲が出たらしい。価値ある品だと大勢が言った所為だろう。

思案の揚げ句、Pさんは妙な考えを起こした。

「ちょっと細工して、日蓮聖人の立像にしてしまえば持っていてもいいのじゃないか？」

Pさんは出入りの鍛冶屋に出向き、仏像の改造を依頼した。

幸い、仏像は僧形だったし、手に持っている錫杖と宝珠を取り払ってしまえば聖人様のお姿に見えないこともない。

しかし鍛冶屋は、ただの溶接鋳造なら兎も角も、仏様を鋳潰すようなバチ当たりなことはしたくないと答えた。鋳潰すのではない、ちょっと変えるだけだとPさんは言ったのだが、鍛冶屋は引き受けてくれなかった。

仕事を断られたPさんは、仕方なく鍛冶屋から鑢を借りて帰った。

自分で細工しようと企んだのである。Pさんは鑢で宝珠と錫杖を削り取って、あちこち細工を施した。

何とかそれらしく拵えた後、Pさんはその像を堀の内の妙法寺に持って行って開眼供養などをして貰った。

Pさんが乱心したのはその直後のことらしい。

「教えを曲解された日蓮聖人がお怒りになったのかもしれないし、ただの偶然なのかもしれない。でも元はといえばPさんの信仰心から生じたことではあるでしょう。手を加えたといっても粗略に扱った訳でもないしね。だから、これは仏様じゃなく、仏像そのものが祟ったんじゃないかと思いますよ。同じ敬われるのでも――」

俺は日蓮さんとは別人だ――ということですかねえ、と、話してくれた人は結んだ。

作佛祟の事（耳嚢巻之六）

文化元年の夏、或人來りて語りけるは、御先手能勢甚四郎組與力の内なるよし、名も聞しが忘れぬ、庭を作らせけるとや、又井戸を爲掘けるとやせしに、佛像を掘出せしとて、彼識〔職〕人有〔主〕じに見せける故、洗ひ清め見れば、如何にも能細工の地藏なり。然るに彼主人は形の如くのかたまり法華宗故甚不悦、「如何なすべき」と、其筋心得し僧俗に見せしに、「是は作人は知れね共、いづれ智識〔知識〕の作佛也。大切になし給へ」と申けるに、主人心よからず。「工夫して右を日蓮の立像になさば然るべし」とて、出入の鍛冶へ賴、「手に持し寶珠・釋杖を取り除くれ候樣」賴けれど、彼鍛冶も作佛と知りて斷いなみければ、詮方なくやすりを借り持歸りて、自身と寶珠・釋杖をすり除け、日蓮の像に似たるやう拵なし、堀の内とかやへ持參して開眼などなしけるが、右故にもあるまじけれど、當番に出し時俄に亂心して、色〱右之事を申、雑言のみ申ける故、早々宿へ返し段々保養・療養を加へしに、狂氣は直りしが、此程は啞同様物いふ事ならずとなり。

さわるな

Y家出入りの医者、Gさんの話。

Gさんはもうかなりの高齢なのだが、そのGさんがまだ壮年だった頃の出来ごとだそうである。

その日Gさんは、医者仲間四五人と連れ立って薬草を採取しに出掛けた。

化学合成薬品などない時代だから、薬は様様な材料を調達して来て精製し、調合するしかない。比較的調達し易い薬草採りは、だから薬作りの基本となる。

野や山を歩き、繁茂（はんも）する草木の中から薬用になるものを探す訳だが、植物の種類を見分ける作業というのもそう簡単なものではない。似た草は沢山あるし、中には毒草だってある。

熟練が必要になるのだ。

Gさんたちはその時、弟子見習いの小僧を一人薬草採りに連れて行った。

実地で勉強をさせようと考えたのである。とはいえ、まだ子供だし、ハイキング気分もあったのか、小僧は随分と張り切っていたという。

草を分け藪を潜って暫く進むと、一行の前に立派な竹林が現れた。

小振りな丘の全体に竹が生えている。竹の間にはそれらしい草がたくさん生い茂っていたから、身軽な小僧は意気揚々とそこに駆け寄った。

すると連れの医師の一人がそれを見咎めるようにして、

「待ちなさい、そこは――」

と言った。だが、夢中になっていたのか、あるいは小声だったから耳に届かなかったのか、小僧はひょいと竹林に分け入ってしまった。Gさんは少し気になったのでその医師に小僧を止めた理由を尋ねた。

すると医師は、

「いやGさん、ここは新田明神ですよ、たぶん」

と、答えた。

つまりこの丘は神社の境内だ――ということなのだろう。

しかし境内といっても手入れをしている様子もない。荒れた竹林である。

神域を荒らすつもりは毛頭ないし、薬草を採るくらいなら別段不敬な行いとも言えないだろう。

Gさんがそう言うと、だからきつく止めはしなかったんだけどねえ、とその医師は答えた。

「ただ、明神といっても、ここは新田義貞の子、義興の墓――だったと思ったものだから」

丘ではなく、竹林全体が墳墓――なのだろう。そうこうしているうちに小僧は覚えての知識を駆使して草をあれこれ選び、幾束か採って戻って来た。別に悪いことをした訳でもないし、無礼な態度でもないと思えたから、Gさんたちは墳墓に対して真摯な態度で一礼をし、心中でお騒がせしましたと詫びて、そのまま家に帰った。

戻るなり。

小僧は突然、絶叫した。

「我の住処に生えていた草を盗ったなアッ！　盗ったことが憎いッ！　憎い憎い憎い憎いッ」

罵るような激しい口調だったという。

Gさんの家族は腰を抜かした。中でもGさんは――驚いた。

我の住処――というのは、どう考えてもあの墳墓のことに違いない。つまり我というのは新田義興ということになる。小僧はそのことを知らない筈だ。いや、道道話しただろうか――Gさんは咄嗟にそんなことを考えた。

小僧は更に激しく怒鳴り散らした。手が付けられない。

「新田義興がね、まあ怒ってる訳さ。でも、これは神域を荒らしたとか態度が不敬だったとか、そういうことで怒ってるんじゃないのよ。英雄の怒気というのは、その場に止まっちゃうものなのか、兎に角、最初っから怒ってるんだよね。動機も目的も関係ないんだね。もう、どうであれ指一本触るな、ということなんだ。神様ってのは、きっとそういうものなんだな。理屈も情も通じやしない、心中で礼を尽くそうと、供物を捧げて祈ろうと、人の気持ちなんかこれっぽっちも通じない。だからこそ、後後まで祀って残すんだ。神社ってのは、ありゃ一切さわるな、ってことなんだよ」

Gさんはそう言った。

実際、謝ろうが祈ろうが小僧はどうにもならなかったらしい。ただ。

草を元の場所に植え戻して何もかも元通りにしたら——。

小僧はぴたりと治った。

神祟なきとも難申事（耳嚢巻之四）

是も玄瑞もの語けるは、同人壮年の頃、同職のもの四、五輩打連て採草に出しが、新田明神と號す義興の墳墓、今竹の植有る所にて、召連し小僧草を取しを、同伴のもの差留などせしを不用、宿に歸りし後彼小僧口走りて、「我活伸の草を取れる事の憎さよ」と罵り呼はりし故、大に家内おどろきて右の草を元の如く戻しければ快全なしけるよし。英雄の怒氣凝然たる事なれば、後世神を殘す理も有んか。

取り返し

取り返しのつかないこと、というのはある。

年を経た猫は化けるだとか、あるいは猫は人に憑くだとか、これは本来そうした類いの話なのかもしれないのだが、話をしてくれたＺ君は、どうもその辺に力点を置いてこの事件を捉えてはいないようである。

駒込にＹという同心が住んでいた。

Ｙは非番だったのか、その日はのんびりと昼寝をしていたのだそうである。

Ｙはまだ独身で、母親と一緒に暮らしていた。

その時、Ｙは仮寝をしながら、往来から流れてくる物売りの声などをぼんやりと聞いていた。そのうち、わりと大きく鰯売りの声が聞こえて来た。家の前を通りかかったのだろう。

程なく勝手口のほうからYの母親の声がした。

どうやら母親が魚屋を呼び止めたようである。

——今夜は鰯かな。

Yはそんなことを思った。

何ごともない、長閑な昼下がりである。

だが。

どうも、勝手口の様子がおかしい。よく判らないが、揉めているような雰囲気の声音である。

たぶん、母は鰯を買うために鰯売りを呼び止め、お勝手に招き入れたのだろう。しかしそれで揉めるとはどういうことだ。

さては町人め、母上に何か無礼な言葉でも吐いたのかと、Yは半分うとうとしながら耳を欹てた。

あたしが値段をつけると言ってるんだよ、という言葉が聞こえた。

母の声だが、キツイ口調である。

「この金額で買うと言っているのさ。それとも、お前はあたしには鰯を売れないというのかいッ」

「め、滅相もない。いや、私は売らないとは申しておりませんよ。ですが、奥さん、その」

「ならお売り。全部、一匹残らず買うと言ってるのが聞こえないのかい。さあ残らず寄越しなさいよ」

「いや、ですから奥様、その、大変失礼ですがね、その金額じゃ勉強したって二尾がいいところですよ。私をお揶いになってらっしゃるのなら、ここは勘弁してください。こちらもその、生活がかかってますので」

「誰が揶ってるって言うのさ。あたしは残らず全部買うと言ってるんだよッ。ほら売りなッ」

「その、ですからそれっぽっちじゃ――」

――おかしい。

Yは半身を起こした。

半分くらいは自分が寝惚けているのかと思っていたのだが、どうもそうではないようだった。

自分の耳を信じるなら、あきらかに母親の発言は常軌を逸している。

二人のやりとりを額面どおりに受け取るならば、Yの母は鰯一匹分程度の金額で鰯売りの商売ものを全部売れと強要している――ということになる。

鰯売りがいったい何匹の鰯を用意しているのかは知らないが、幾ら何でも二、三匹ということはあるまい。値切るにしても程がある。

どう考えても母の要求は理不尽だ。

　しかし、Ｙはどうしても納得出来なかった。

　子供でもあるまいし、母がそんな非常識な振る舞いをするとは、Ｙにはとうてい信じられなかったからだ。

　大体、そんな大量に鰯を買ったところでいったい誰が食べるというのか。保存の利く食品というのならまだ解らないでもないが、鰯のように足の早い食材は明日にも傷んで食べられなくなってしまう。近所に配るかでもしない限りは、親子二人で食べ切れる訳もない。

　やがて、怒鳴り声が聞こえた。魚屋ではなく、母親の――である。

　Ｙは完全に覚醒し、体を起こした。

　途端に、わっ、という魚屋の悲鳴が聞こえた。

　いずれ尋常でないことがお勝手で起きているのだ。

　Ｙは刀を手にしてお勝手に向かった。

　お勝手に出てみると。

　既に魚屋の姿はなく、Ｙの母親が開け放たれた勝手口を睨み付けるようにして立っていた。

　土間には魚屋の置いて行ったと思しき鰯の入った桶があり、戸口には天秤棒が転がっていた。

　母上、と声を掛けようとして。

Yは息を呑んだ。

——母じゃない。

立っているのは母親の着物を着た猫だった、、、、、、、、、、、、、、、。

どこから見ても猫だった。

何度見たって猫そのものだ。

Yは——錯乱した。

いや、錯乱する間もなかった。猫なのだから。

「おのれ——さ、さてはこの化け猫め、母を取り殺して、成り代わっておったかッ」

畜生の分際でッ——と言うや否や、Yはその化け猫を一刀の下に斬り伏せた。

何の抵抗もせず、猫はさっくりと斬られ、血を流してその場に倒れ——。

死んだ。

Yは放心し、その死骸を見詰めた。目の前に化け猫が死んでいる。

——さっきまで長閑に昼寝をしていたというのに。

夢かな、とも思ったらしい。

何もかも現実離れしている。

化け猫を斬り殺す現実など、普通はない。

しかし、それは夢ではなかったのだ。すぐさま異変を察知した近所の者が何人も駆けつけ、Y家は大騒ぎになった。

「Yさん、あんた、何があった」

「こ、こんなところで血刀提げて——あんた気でも違ったのかね」

近所の者は口々にそう言った。

Yは、今、この化け猫を成敗して——と言いかけて。

ふと足下に目をやると。

血を流して死んでいる化け猫の顔が、どうも猫に見えない。

Yは——動転した。

「いや、これは化け物で——ね、猫が化けて」

「何が化け物かッ。あんた、自分の母親斬り殺しておいて、何を言うか。ほら、よく見てみろッ」

「そ、そんなバカなッ」

Yは屈み込み、死体を隅々まで調べた。

手も足も、勿論顔も体も、いつも通りの母だった。

そして、いつまで経ってもそれは母のままだった。

いや、Yが斬ったのは真実Yの母だったのだ。Yはお母さんを斬り殺してしまったのである。

これはもう、寝惚けたとか、見間違ったとか、そんな言い訳が通る話ではない。まさに取り返しはつかないだろう。

「Yは――大いに悲しみ狼狽して、すぐに自殺してしまいましたよ。まあ、母親殺しの罪に問われれば死罪は免れなかったでしょうけどね」

Z君は遣り切れないという口調でそう言った。

「ま、少なくとも猫がお母さんに化けてた訳じゃなかったんだ。でも――取り憑いてはいたのかもしれない」

その後。

荷物を取りに戻った鰯売りは、こう語ったのだという。

「いや、売れの売らないのと問答になった時、奥様の口がですね、こう耳のほうまでグワッと裂けて、みるみる猫になっちゃったんですよ。でもって爪出した手を振り上げたもんだから、私ゃもう、怖くって怖くって――」

取り敢えず――鰯売りにもYの母は猫の姿に見えていたのである。

「鰯売りが何で逃げたかYは知らなかった筈だ。だから、実際にお母さんは猫の顔になっていたのかもしれない。でも、即座に斬り殺してしまうというのは、やはり軽率だよ。母親か化け物か――斬っても良いか良くないか、これは重大な判断でしょう。見間違いじゃすまない。何ごとも心を鎮めてよくよく考えた上で行動しなくちゃいけないねえ」

取り返しのつかないことはあるから、とZ君は結んだ。

猫人に付し事（耳嚢巻之二）

古猫の人に化し物語に付或人の語りけるは、物は心を静め、百計を盡し候上にて重き事は取計ふべき事也。一般猫の付しといふも有るよし也。駒込邊の同心の母有りしが、悴の同心は晝寢して居たりしに、鰯を賣るもの表を呼通りしを、母聞て呼込、いわしの直段を付て片手に錢を持、「此鰯を不殘可調間直段をまけ候やう」申けるを、彼いわし賣手に持し錢を見、「夫斗にて此いわし不殘可賣哉。直段をまけ候事は成がたし」と欺き笑ひければ、「不殘買べし」といゝさま、右老女以の外憤りしが、面は猫と成り耳元まで口さけて、振上し手の有さま怖しともいわんかた無ければ、鰯賣はわつといふて荷物を捨て逃去ぬ。其音に悴起返りみけるに、母の姿全くの猫にてありし故、「さては我母はかの畜生めにとられける、口惜さよ」と、枕元の刀を以て何の苦もなく切殺しぬ。此物音に近所よりも驅付見けるに、猫にてはあらず、母に違ひなし。鰯賣も荷物取にかへりける故、右の者にも尋しに、「猫に相違なし」といへども、四枝共母に相違なければ、是非なく彼悴は自殺せしと也。是は猫のつきたるといふものゝ由。麁忽にせまじきもの也と人の語りぬ。

対談『耳嚢』と江戸の怪

宮部みゆき×京極夏彦

京極　江戸の怪談といってもいろいろありますね。我々が子供の頃、夏になるとやっていた『四谷怪談』系の、いわゆる〝ヒュ〜ドロドロ〟の怪談映画なんかも原型は江戸時代に作られているわけで。江戸と怪談というのは親和性があるんでしょうか。

宮部　引き離せない、という感じがします。

京極　宮部さんも怪談とおぼしき時代物をよくお書きになっていますね。

宮部　大好きです。かなり仕事がしんどいときでも、怪談はちょっと別格。どうやって話を持っていこうか考えるのがすごく楽しいんです。読者としては欧米のゴースト・ストーリーから入って、国産の随筆系奇談は百目鬼恭三郎の『奇談の時代』が入口でした。

京極　名著ですよね。でもタイトルからも分かる通り〝奇談〟なんですよ。百目鬼さんは怪談と呼んでいない。その昔、いわゆる怪談といえば『四谷怪談』であり『牡丹燈籠』だったわけですよ。ところがここ十年くらいの間に、江戸の随筆で怪しい題材を扱っているものは全て〝怪談〟にされてしまったような感があるんですね。

宮部　『奇談の時代』は確かに奇談であって怪談集ではないですね。変わった話を聞いたとか、珍しい物を見つけたとか、全然怖くない話がたくさんある。落語に近い趣もある。

京極　そうですすよね。たとえば『耳嚢』は怪談じゃなく、以前は随筆でした。いや、今でも随筆なんですが（笑）。でも、怪談として紹介されることが多いですよね。今では『甲子夜話』なんかも怪談にカテゴライズされちゃうでしょう。まあ、変なネタを書いた随筆はことのほか多いわけですが（笑）。これは要するに〝妖怪〟と同じじゃないかと思ったわけです。妖怪は昭和になってから確立された概念であるにも拘らず、江戸時代に描かれた化け物の絵も、全て「妖怪画」と呼ばれてしまっている。同じような経緯が怪談にも起きているのではないか。〝妖怪〟のほうの黒幕は水木しげる先生ですが、〝怪談〟のほうの黒幕は……それだと木原浩勝と中山市朗になっちゃうのか（笑）。

宮部　お二人とも喜ぶと思いますよ（笑）。でも『奇談の時代』に入っている、『耳嚢』の話は、いかにもって感じの怖いお話ですよね。

京極　ええ。でも百目鬼さんは上手に書かれているけど、『耳嚢』にしてもそのまま現代語訳にしちゃうと、なぜか怖くない。根岸鎮衛は、お気に入りのネタをメモしてただけですから、これは仕方がないことだと思うんですけどね。一方で原文に近い形で読むと怖い話に思えてしまう……気もするんです。だから怪談集だといわれても、そう違和感はないのかな。

江戸の怪談は怖くない？

宮部　でも今回、私が『耳嚢』から選んだ七篇を『旧談』バージョンとして京極さんに現代語で書いてもらったんですが、京極さんバージョンではちゃんと怖い話になっていますよね。

宮部みゆきが選んだ『耳嚢』ベスト七話
「不義に不義の禍ある事」
「貧窮神の事」
「義は命より重き事」
「怪刀の事」
「怪妊の事」
「菊むしの事」
「於菊蟲再談の事」

京極　いや、怖くない（笑）。『旧談』は連載開始時点では『耳嚢』を『新耳袋』風に書き改めてみようという試みだったんですね。でも、これは簡単なことじゃなかったわけですよ。『新耳袋』は〝怪異〟がなくちゃ始まらないわけですが、『耳嚢』では必ずしも〝怪異〟は起きない。起きても、怖がらせようという書き方になってない。それでも〝怪異〟が記されている話は、まだいじりようがあるわけです。でも宮部セレクションは起きない（笑）。で、かなり苦労をしたわけですが、書いていて思ったのは「義は命より重き事」は平山夢明風に、「不義に不義の禍ある事」なんかは福澤徹三風に書いたほうがもっとずっと怖くできる。ネタではなくてツボをどこに持って行くか、なんですね。怪談の書き振りというのは。

宮部　平山さんも福澤さんも、奇しくも現代で怪談を集めていらっしゃる方ですね。

京極　一般に実話怪談と呼ばれるものは、ネタの真贋にこそ価値基準があるのだという意見もあるようですが、文章で事実をそのままきちんと伝えるって、実は大変に難しいことなんですよね。新耳のお二人も平山さんも福澤さんも、そして根岸さんも（笑）、それぞれがそれぞれのスタイルで取材したネタ、つまり〝実話〟をテキスト化してるわけですが、……ネタをメモしただけの根岸の文章が一番シンプルで潤色がない形なんだろうけど、現代語にしちゃうとこれが一番怖くないんですね。ネタをどう捉えるか、そしてツボをどこに設定するか。そのツボを効果的に表現するテクニックを使えるかどうか、そのさじ加減で、同じネタがまるで変わっちゃう。ま、根岸さんの場合は他人を怖がらせようという意識はないんだろうけれど……まず、当時は文章で怖がらせるという感覚が希薄だったんでしょうしね。

宮部　同感です。『耳嚢』が書かれた江戸時代って、長屋住まいの庶民はまず漢字が読めなかっただろうと思うんですよ。職人さんやおかみさん達はもっぱら耳で聞いていただろうから、文学を字で書かれたものに固定してしまうと、口伝えが抜けていってしまいますよね。

京極　いわゆる口承文芸といわれるものの中に、怪談の源流があることも事実ですね。祭文や漫才のような口承文芸から講談のようなものができあがってきて、その講談の書き写しから大衆小説は生まれたわけだし、そういう流れはありますよね。でも、随筆は少しはずれてますかね？

宮部　随筆は怖いことばかり書くわけじゃないですもんね。

京極　ええ、まさに。怖いことすら怖げに書いてるわけじゃない。よくよく読んでみると、著者の根岸さんも超自然現象については否定的ですよね。信じてないけどオモシロイから書いとこう、というスタンスです。ところが現代人はそれを容易に怪談として読み替えてしまう。それって、きっと細部が〃わからない〃からじゃないかと思うんですよ。メモは自分がわかりゃいいもんですから、余計なことは書かない。しかも社会通念も言葉の遣い方も今とは違うから微妙なニュアンスはわからないですし。

宮部　言葉によるヴェールを纏っている感じがしますよね。

京極　そうです。明らかに現代の読者に必要な情報が欠落している。『耳嚢』に拘らず、江戸の文芸、特に随筆に関していうなら、一読しただけで書かれていることの全貌は摑みにくいんです。そのすっぽり抜けたところが、もしかしたらテキストが書かれた動機とは無関係に怖さを呼び込むのかもしれない。

『耳嚢』と『新耳袋』

宮部　私、根岸鎮衞おじいちゃまがすごく好きなんです。町奉行になった嬉しさを「八十翁の力見給へ」と句に読んでいる姿を想像すると可愛い人だなあって思うし。この生真面目で働き者のおじいちゃんが、一体どんな顔して色々な人から話を聞いていたのかな～って思ってしまう。目上の人や同輩はもちろん、使用人なんかからもすごくたくさん話を聞いていたと思うんです。

京極　聞きたがりのところは新耳コンビと同じですが（笑）。でも根岸さんは他人に怖い話を聞かせるタイプではなかったんじゃないでしょうか。だっていい人ですから。人に怖い話をするのが好きで、怖がらせるツボを心得ているのは、きっと悪い人です（笑）。ところで、さっき話に出た「義は命より重き事」という、子連れで物乞いをする武士の話ですが、あれ最初に読んだとき、宮部さんどう思われました？

宮部　すごく理不尽ですよね。結末に唖然としました。現代の私達から見るとヒューマニズムのない非情なお話だと思う一方で、すごく現代的にも感じられる。

京極　まあ額面通りに受け取ればサイコな話ですよね。途中まではいいけど、結末だけは現代人には理解しにくい。怖くリライトしようとすると、わからないところにポイントを持ってくるしかないですね。そこしか破綻していないんですから。でも根岸の書き方のまま現代語訳しちゃうと、当時はこういうものだったのかなあ、程度で流してしまいかねない（笑）。江戸怪談は、たしかに我々が怪談と認識するような要素をたくさん持っているんだけど、〝欠落した形で持っている〟ケースも多いんですね。そこをどう埋めるかによって、怪談にもなれば身辺雑記にもなる。埋めるのは読み手――ということになりますが、同時に書き手のテクニックの問題と取ることもできる。『雨月物語』でさえ、平易な現代語にするとあまり怖くないですからね。

宮部　映像になったほうがまだ恐怖感がありそう。

京極　ええ。まさに。

宮部　語り口、書きぶり、それとどこで語り止めるか。『新耳袋』との共通点もそこですよね。

京極　ははは。考えてみると『耳嚢』が怖く読めちゃう仕組みと『新耳袋』的な手法は、意外にも近かったということですかね。ぐるりと一回りして戻ってきちゃった。ところで、今回の七篇はどうやってセレクトされたんです？

宮部　書きづらいだろうなあ、ってものばかりをあえて（笑）。それと実は「怪刀の事」は「騒ぐ刀」（『かまいたち』所収）という短篇のもとにした作品なんですよ。

京極　ああそうか。じゃあ思い入れのある一篇だったんですね。

宮部　刀は武士の魂でしょ？　それにどうして祟りをなすようなものが憑くのか？　そこにすごく驚いてしまって。岡本綺堂の『鎧櫃の血』『兜』を読んでからは、武具や仏具にも妙な執念が宿ることはあるんだと思えるようになりましたが、『耳嚢』が最初だったから印象深いんです。それから、お菊さんの呪いが百年後に起きたという「菊むしの事」は、単に興味があったから。京極さんの『旧談』だとそれまでの百年間は何をやっていたのかという……。

京極　まあ、そこにもってきちゃったわけですけどね、無理に。ただ虫を見たって話ですからねえ。

宮部　百年何やってたんでしょうね（笑）。

京極　あれはだから、百回忌なんでしょうね。法要の要になる年に怪しいことが起こったんだろう、と解釈しちゃえば齟齬はないんですよ。当時は今より法要に対する理解が深かったはずですから、わざわざ書いてないだけで。書かれていないから、現代人はキリがいいんだと思うだけ（笑）。いやしかし、江戸の随筆は好きでたくさん読みましたけど、どこか色眼鏡で見ていたんじゃないかと思い反省しました。

宮部　私もそう。また読み直してみよう。

実録ものに対する認識

京極　とはいうものの。江戸の随筆を怪談として読み解くことが悪いことってわけじゃないですね。怪談としても読めるなら、それはそれでいいですよね、読まないより（笑）。「怪談だと思って読んだら怖くなかったわよ」みたいなケースはあるかもですが。そもそもメモ書きを江戸の〝文芸〟としてしまうこと自体、どうかという考え方だってあるわけで。文学だとか文芸だとかいうのも、もうみんな読む側の判断ですからね。ジャッジを下すのは常に読む人間ですしね。そういえば、国文学者の高田衛（たかだまもる）先生が以前、「文芸としてまったく顧（かえり）みられてない」江戸の作品群がある、とおっしゃってました。どうも〝実録〟ものと呼ばれている一連の作品のようですが。
宮部　ノンフィクション、という意味ですか？
京極　それが、そうじゃないんです。「ノンフィクションだよ」という体裁で書かれた、ゴシップ・フィクションのようです。あたかも真実のように嘘っぱちを書くという。当時の人も誰も信用してない（笑）。
宮部　『黒い報告書』のような？
京極　もっと低俗な感じらしいですね。昔のカストリ雑誌の猟奇記事なんかに通じるもんなんでしょうか。「埼玉県の山奥の村には今でもこんなオソロシイ習慣があるそうじや……」的な（笑）。

宮部　埼玉県の山奥ってどこだ（笑）。

京極　でも〝実録〟小説の場合、ある程度実話に材を採ってはいるようなんです。猟奇犯罪小説的な面もあるようですから、今でいうミステリにも繋がるのかもしれない。実は『四谷怪談』を形成する資料として欠かせない『四谷雑談集』も、その中の一つなんですね。まあ顧みられなかった理由というのは、ようするに事実の記録として読むには信憑性がなさすぎるし、文芸としては悪趣味に過ぎる、と（笑）。血まみれ血だるま人間関係ドロドロ。

宮部　あははは。最近いやな事件が多いなと感じたとき、江戸に書かれた『近世事件史年表』を読み返してみると「昔から変わってないんだな」と思えてきますよ。

京極　テレビ見ると文化人が「近年凶悪犯罪が増加しています」と、もう何十年も口を揃えて言ってますけどね。でもずっと増え続けていたら今頃我々は皆死んでます（笑）。まあ若干の上り下りはあるんでしょうが、いつの時代も一定の率でそうした事件はあるもんです。

宮部　そうですよねえ。

京極　しかし、こうしてみるとですね、文芸の薫り高き『雨月物語』も、下世話な猟奇犯罪〝実録〟小説も、事実を淡々と書き連ねた随筆の『耳嚢』も、歌舞伎の『東海道四谷怪談』も三遊亭圓朝の噺も、果ては泉鏡花にいたるまで、怪談文芸としてたて割りにできちゃうんですよね。しかも「江戸の怪談」という切り方でも違和感はない。

宮部　区別するポイントが若い世代にはなかなかわからないのかもしれませんね。

京極　フィクションかノンフィクションかという点に拘泥する方がいるのは、その辺の区別がされないからのようにも思いますね。「これって実話なの」という点に重きを置いて読まれる方はいます。でも、判断基準はプレゼンテーションのしかただけですからねえ……。

宮部　「この話は本当です」と書いてあるかどうか。

京極　ええ。まあ本当だとしましょう。でも、例えば「ここに宮部さんと京極がいました」という記述は、まあ事実なんだけど、「宮部さんと京極が楽しそうに談笑していた」と書いたら、もう事実じゃない。

宮部　書き手の主観が入ってきますからね。

京極　宮部さんは笑顔なのに内心かんかんに怒っているのかもしれない（笑）。楽しそう悲しそう嬉しそうは書き手の主観ですからね。じゃあそれを書かなきゃいいのか、というと、それじゃわからない。「机1、椅子2、宮部1、京極1、録音機2」とか（笑）。どんなに情報を簡略化しても、事実を正確に伝えることは不可能です。主観的ならぬ文章はない。だから、ノンフィクションを書く方というのは本当に言葉を選んでますよね。嘘つきの小説家よりもずっと細やかな気配りが要りますから。

宮部　『東電OL殺人事件』をお書きになった佐野眞一（さのしんいち）さんは、私の高校の先輩なんですけど、あのルポルタージュをお書きになっていた当時は、やっぱりとても辛かったとお伺いしたことがあります。

京極　当事者の人生をしょっちゃったわけですね。ノンフィクション作家の方は、事件のルポルタージュを書くことで、事件の最後の関係者になっちゃうんですよね。客体ではいられなくなる。

宮部　ノンフィクション作家にはそういう怖さと共存していく覚悟がないと駄目でしょうね。

京極　まったく同感です。しかしですね、こと〝実話怪談〟に目を向けると、そこまでシビアに書いたらば、逆に興を殺がれるようにも思うのね。もっとお手軽でないといけない。あのジャンルを支えているのは、一種のいかがわしさ、胡散臭さでもある。江戸の実録小説がそれなりに読まれたように、そうしたものを求める読者はいつの時代にも必ずいるわけです。僕もコンビニで見かけると必ず買うし（笑）。

宮部　私も手に取ります。怖いからなかなか読めないけど（笑）。でも、そういった重石を取り除くためのテクニックは、きっと必要なんですよね。

京極　テクニックは確実にあるんですよ。ただ明文化されてない。江戸の〝実録〟同様、文芸として測られることがなかったせいもあるんでしょうが。『新耳袋』を最初に読んだ時に感心したのは、そうした技のひとつをスタイルとして確立していたからです。先ほども話題になりましたが、『新耳袋』は〝引き算〟という技を意識的に使ってますね。

省略されている部分に怖さのツボを持って行く。書いてないから読者は格調高く読むこともできるし、胡散臭く読むこともできる。間引きされてるからお手軽でもある。隙間に重たいものを読み取れば、重くもなる。整理されていなかった〝実話〟怪談のテクニックの中から、『新耳』の二人はその技を拾い上げて磨いたんですね。まあ、さっきの話だと本家『耳嚢』から学んだのかもしれませんが。

宮部　根岸さんは意図していなかったんでしょうけども。

京極　根岸さんは神経研ぎ澄ませて書いてないですからね（笑）。「ひとつ書いとくか、後で見て笑おう」という。その軽いノリと情報の欠落が、はからずも怪談として効果的に機能しちゃったわけで。時を超えて。でも読み手が幅をもって解釈できるって、大事なことですよね。だから書いちゃったらおしまいなところがある。長篇怪談が難しいのはそこ。

宮部　長篇だったらジェントル・ゴーストものが割とありますよね。やっぱり共感できて書きやすいのかな。

怪談は江戸から始まる

宮部　ところで江戸以前の読み物は、余り一般に知られていませんよね。私は『奇談の時代』を知った後、永井路子（ながいみちこ）さんのご著書にはまったんですが、鎌倉（かまくら）時代の武勲ものはすごく面白い。鎌倉武士がいかに質素で堅実で忠孝に励んでいたかがわかる「鉢の木」なんて現代語に訳したらいいのに。

京極　そうですねえ。平安時代は陰陽師があるから（笑）、少しばかりホラー・ジャパネスクな薫りがありますが、鎌倉は武士の時代でしょう。神仏の霊験譚ひとつとっても、俺のほうが強いとか偉いとかいう話になっちゃう。面白いけど、怪談にはあまり合わないでしょうね。我々がホラー・ジャパネスクといったときに遡れる過去は、やっぱり江戸までなんでしょう。

宮部　武士が台頭した時代は、すごく政治闘争の激しい時代で、憤死した人はたくさんいるはずなのに、大怨霊とかが出てこないですよね。

京極　武士は退治専門だし、生きてるヤツのほうが怖いし（笑）。憤死しても祀られるようなことはないですしね。祀られるまでは皆ただの人です。道真だって将門だって生きてるうちはただのオヤジ（笑）。祀られた後に、切られた首もはじめて飛ぶんで。

宮部　その辺のことを京極堂から教わる以前、初めて知ったのが高校生のときに読んだ永井路子さんの『悪霊列伝』なんです。悪霊と呼ばれた人たちの生きざまをひとつひつと解きほぐしていって、彼らが必要に迫られてそういう形に作られていったのだというのがわかって、すごく面白かった。学校の歴史ではそんなの教えてくれないから。今読んでいる『原田実の日本霊能史講座』でも〝昔の幽霊は個性がなかった〟と書いてあるんですね。死んだら個がなくなるから、どんなに愛した人の幽霊でも出てこられたらやっぱり困るんだ、と。

京極　困りますって（笑）。でも「じゃあさっきの虫になったお菊さんは？」という話になるんですが。お菊さんって固有名詞じゃないですよね。番町、播州、雲州、と、まあ全国各地でお菊ちゃんは皿割ってるんですね。でも、桃太郎のような昔話じゃなく、残っているのは伝説。お話が伝播したわけじゃない。もちろん根岸さんが書いてるとおり、浄瑠璃なんかにはなってるんですが、だからといって各地に伝説として根づくもんじゃない。伝説っていうのは名目上〝事実〟ということですからね。するとお菊という名の娘はどうしても皿を割っちゃうのかということに（笑）。もちろん、そんなことはなくて、これはそれなりの実話を抱えた集団が移動した土地土地に移動後にも話が残ったということですね。そこに別のお話が習合したものと思われます。皿屋敷というのも、お皿ではなく、少し窪んだ耕地、つまり水はけの悪い更地に建った屋敷、〝更屋敷〟だったようですし。だからお菊さんは個人名じゃなくキャラクターなんです。いまで言う〝妖怪〟に近い。

宮部　なるほど。他のことで死んだ、全く別人のお菊さんがいたとしても、皿を割る話にすり替えられたりしたのかもしれない。

京極　全国区で名前が統一されているわけですからね、少なくとも個人の幽霊じゃないでしょう。当時の人々もリアリティのある幽霊話としては聞いていなかったんじゃないでしょうか。皿を割ったら「待ってました！」（笑）。まあ、お芝居の怖さというのも演出の問題ですからね。井戸から出てくるにしても、どう出るか、どんなふうに喋らせるかでしょ。亡魂が悪を懲らす話なんだし、むしろ生き死に無関係の愛憎劇なんですけどね。

宮部　復讐譚ですよね。うちの母は昭和九年生まれなんですけど、洋画が大好きなんですよ。戦後にバーッと公開されたハリウッド映画にはまっちゃった人なので。その母が「日本の怪談映画は復讐話ばっかりで暗いから嫌だ」と言うのね。やっぱりひどいことをされて幽霊になるのって、だいたい女性ですしね。

京極　だから男の幽霊はいまだに少ないんです。映画といえば、映画化された江戸の怪談話って、ほとんどハイライトですよね。『真景累ヶ淵』も『牡丹燈籠』もダイジェストというより部分。結局ガジェットで怖がらせるスタイルになるから、余計に陰惨に見える。とはいえ、元は長すぎる上に話があちこちに飛んだりしてますからね。明治期に「江戸の読本はダメだ」と言われた原因もそのへんでしょう。筋運びに必然性がないとかキャラの人格が破綻しているとか人間が書けてないとか(笑)、欧米発信の文学的な基準に照らし合わせると余りにも荒唐無稽だった。

宮部　『大菩薩峠』も最後の方はきっとそうでしょうね。北村薫さんに薦められて知ったんですが、國枝史郎なんかも不思議な作家ですよね。どんなジャンルにも分類できない。

幻想的な言語体系

京極　そもそも明治期の小説家の多くは、まず言文一致の問題から始めたわけですからね。新しいスタイルを確立するために暗中模索していたことは想像に難くない。同時に彼らは、どこかで江戸を引きずっている。でもって、露伴はもちろん、鷗外ですら何かしら怪談めいたものを書いてますでしょう。日本は怪談の国なんです（笑）。僕なんかからみれば、随筆だろうがただの記録だろうが面白く読めるならそれでいいわけで、その際に怪談という切り口が有効なら、それはそれでいい。江戸モノに限らず古典は財産ですよ。いや、古典文学というとなんか権威的ですね。要するに字で書かれたものはみんな文化的な財産。これに触れないで一生を終える手はない（笑）。

宮部　やっぱりみんな面白いと（笑）。

京極　とくに江戸の文芸は、とっつきやすくて奥も深いです。

宮部　物書きにとって鉱脈！

京極　そう。そして読み手にとっても鉱脈なんですよ。読者って、学者と違って誤読してもいい立場なんだから、曲解してでも楽しめればいいわけでしょ。訳されたものは限られるけど、そうでないなら一生かかったって読みきれないほどたくさんありますからね。原文は読めないとか読みにくいとか言うけど、そんなことないですよ。漢字読めれば大体のことはわかりますから。

宮部　あとは想像力で埋める（笑）。

京極　そうそう。原文ながめてると漢字一文字の情報量がいかに大きいかに気づきますしね。「辱」一字で「かたじけなし」と読むでしょ。今の言葉だと「どうもありがとうございました、深く感謝いたします」が、一文字。文字の持つ幻想性、意味の多様性の幅は、アルファベットで記されたものより遥かに広く深いですね。

宮部　漢字に振り仮名をつけただけで千変万化する世界が生まれるんですね。私も初期の作品が児童書バージョンになってまた出版されるんですが、全部の漢字にルビが入っているのを読むと、世界が違うんですよ。「総ルビいいわ〜」と自分の作品を見直した（笑）。漢字と平仮名の組み合わせの妙だな、って思いました。

京極　そう、日本語読むたび日本人で良かったと思うの（笑）。で、つくづく日本語というのは〝怪談〟向きの言語だなあとも思うし。

宮部　文章に奥行きがあって、おのずから陰影がつきますよね。

怪談の国、日本

宮部　どこかで読んだ話なんですけど、日本人ってスペースシャトルを自前で打ち上げられるようになったらきっと地鎮祭やりますよね（笑）。

京極　発射台の施工時とかですか？　いや、それは絶対やるでしょう。

宮部　不謹慎だけど考えると面白いでしょう。京極さんも『妖怪大談義』で〝日本人は無信心なわけじゃない、ただ信心に節操がないんだ〟とおっしゃっていましたけど、何かを敬ったり畏怖（いふ）したりする気持ちは私達たくさん持っていますよね。

京極　昔は畏（こわ）いものがやたらめったらありましたしね。僕が最後に書いた『旧談』は「神祟なきとも難中事」という話なんですが、かつて神は理屈無用で祟ったんですね。一刻を争う瀕死（ひんし）の人の搬送中だろうが、いたいけな幼児の悪気のない行動だろうが、通っちゃいかん道を通ったら殺されちゃったりする。宮部さんがおっしゃったように、昔の神霊は人の理屈は通じなかったんですね。ま、今はフレンドリーな霊が多すぎるわけですが。

宮部　現代では祟りには必ず何か理由がつくようになっていますし。

京極　幽霊が出ても、「あのね、母さんはお前の行く末が心配であっちから見にきたんだよ」とか言い出しちゃったら、怪談じゃなくてただのいい話なんだが（笑）。

宮部　わかります。私も理由や因縁を放りっぱなしにした作品を書くと「短篇集の中でこれだけ辻褄（つじつま）があわない」と指摘されちゃう。私、岡本綺堂の怪談が大好きで、綺堂先生も〝放りっぱにした〟話を多く書いていますが、それらの中にもいい作品はいっぱいありますよ。

京極　『リング』の貞子（さだこ）が成功したのも、昔ながらの無差別祟り殺しタイプだったからだと思うんですよ。祟りってのはいつも理不尽なもんです。そういった意味では、実話だろうが創作だろうが、怪談を語り、書く人の幽霊観が余りにも現代風になりすぎてしまうのは、ちょっとどうなのかなとは思います。と——まあ、こんな風にさまざまなところに想いを馳(は)せさせてくれるのが、江戸の怪談の妙なんですかね。

宮部　そうまとめるしかない（笑）。

京極　むりやりまとめます（笑）。でも古典を読み返すと思いを深めますよ。「日本人は怪談だ」と（笑）。

宮部　本当にそう思います。

構成・文／阿部花恵(あべはなえ)

『幽』六号（二〇〇六年十二月）より

＊収録にあたって一部内容を訂正しています。

本書は『幽』一号から六号に「旧耳袋」として連載され、二〇〇七年七月にメディアファクトリーより刊行された単行本『旧怪談　耳袋より』を改題のうえ加筆修正して文庫化したものです。

口絵
造形製作＝荒井　良　撮影＝首藤幹夫　デザイン＝舘山一大

参考資料
『耳嚢』根岸鎮衛＝著　長谷川　強＝校注　岩波文庫

旧談（きゅうだん）

京極夏彦（きょうごくなつひこ）

平成28年 1月25日　初版発行
令和7年 6月25日　7版発行

発行者●山下直久

発行●株式会社KADOKAWA
〒102-8177　東京都千代田区富士見2-13-3
電話　0570-002-301（ナビダイヤル）

角川文庫 19551

印刷所●株式会社KADOKAWA
製本所●株式会社KADOKAWA

表紙画●和田三造

ISBN978-4-04-103551-1　C0193

角川文庫発刊に際して

角川源義

第二次世界大戦の敗北は、軍事力の敗北であった以上に、私たちの若い文化力の敗退であった。私たちの文化が戦争に対して如何に無力であり、単なるあだ花に過ぎなかったかを、私たちは身を以て体験し痛感した。西洋近代文化の摂取にとって、明治以後八十年の歳月は決して短かすぎたとは言えない。にもかかわらず、近代文化の伝統を確立し、自由な批判と柔軟な良識に富む文化層として自らを形成することに私たちは失敗して来た。そしてこれは、各層への文化の普及滲透を任務とする出版人の責任でもあった。

一九四五年以来、私たちは再び振出しに戻り、第一歩から踏み出すことを余儀なくされた。これは大きな不幸ではあるが、反面、これまでの混沌・未熟・歪曲の中にあった我が国の文化に秩序と確たる基礎を齎らすためには絶好の機会でもある。角川書店は、このような祖国の文化的危機にあたり、微力をも顧みず再建の礎石たるべき抱負と決意とをもって出発したが、ここに創立以来の念願を果すべく角川文庫を発刊する。これまで刊行されたあらゆる全集叢書文庫類の長所と短所とを検討し、古今東西の不朽の典籍を、良心的編集のもとに、廉価に、そして書架にふさわしい美本として、多くのひとびとに提供しようとする。しかし私たちは徒らに百科全書的な知識のジレッタントを作ることを目的とせず、あくまで祖国の文化に秩序と再建への道を示し、この文庫を角川書店の栄ある事業として、今後永久に継続発展せしめ、学芸と教養との殿堂として大成せんことを期したい。多くの読書子の愛情ある忠言と支持とによって、この希望と抱負とを完遂せしめられんことを願う。

一九四九年五月三日

角川文庫ベストセラー

巷説百物語　京極夏彦

江戸時代。曲者ぞろいの悪党一味が、公に裁けぬ事件を金で請け負う。そこここに滲む闇の中に立ち上るあやかしの姿を使い、毎度仕掛ける幻術、目眩、からくりの数々。幻惑に彩られた、巧緻な傑作妖怪時代小説。

続巷説百物語　京極夏彦

不思議話好きの山岡百介は、処刑されるたびによみがえるという極悪人の噂を聞く。殺しても殺しても死なない魔物を相手に、又市はどんな仕掛けを繰り出すのか……奇想と哀切のあやかし絵巻。

後巷説百物語　京極夏彦

文明開化の音がする明治十年。一等巡査の矢作らは、ある伝説の真偽を確かめるべく隠居老人・一白翁を訪ねた。翁は静かに、今は亡き者どもの話を語り始める。第130回直木賞受賞作。妖怪時代小説の金字塔！

前巷説百物語　京極夏彦

江戸末期。双六売りの又市は損料屋「ゑんま屋」にひょんな事から流れ着く。この店、表はれっきとした物貸業、だが「損を埋める」裏の仕事も請け負っていた。若き又市が江戸に仕掛ける、百物語はじまりの物語。

西巷説百物語　京極夏彦

人が生きていくには痛みが伴う。そして、人の数だけ痛みがあり、傷むところも傷み方もそれぞれ違う。様々に生きづらさを背負う人間たちの業を、林蔵があざやかな仕掛けで解き放つ。第24回柴田錬三郎賞受賞作。

角川文庫ベストセラー

覘き小平次　京極夏彦

幽霊役者の木幡小平次、女房お塚、そして二人の周りでうごめく者たちの、愛憎、欲望、悲嘆、執着……人間たちの哀しい愛の華が咲き誇る、これぞ文芸の極み。第16回山本周五郎賞受賞作!!

数えずの井戸　京極夏彦

数えるから、足りなくなる――。冷たく暗い井戸の縁で、「菊」は何を見たのか。それは、はかなくも美しい、もうひとつの「皿屋敷」。怪談となった江戸の「事件」を独自の解釈で語り直す、大人気シリーズ！

豆腐小僧その他　京極夏彦

豆腐小僧とは、かつて江戸で大流行した間抜けな妖怪。この小僧が現代に現れての活躍を描いた小説「豆富小僧」と、京極氏によるオリジナル台本「狂言 豆腐小僧」「狂言 新・死に神」などを収録した貴重な作品集。

文庫版 豆腐小僧双六 道中ふりだし　京極夏彦

豆腐を載せた盆を持ち、ただ立ちつくすだけの妖怪「豆腐小僧」。豆腐を落としたとき、ただの小僧になるのか、はたまた消えてしまうのか。「消えたくない」という強い思いを胸に旅に出た小僧が出会ったのは!?

文庫版 豆腐小僧双六道中 おやすみ　京極夏彦

妖怪（ばけもの）総大将の父に恥じぬ立派なお化けになるため、豆腐小僧は達磨先生と武者修行の旅に出る。芝居者狸（しばいもんだぬき）らによる〈妖怪総狸化計画〉。信玄の隠し金を狙う人間の悪党たち。騒動に巻き込まれた小僧の運命は!?

角川文庫ベストセラー

対談集　妖怪大談義	京極夏彦	学者、小説家、漫画家などなどと妖しいことにまつわる様々を、いろんな視点で語り合う。間口は広く、敷居は低く、奥が深い、怪異と妖怪の世界に対するあふれんばかりの思いが込められた、充実の一冊！
文庫版　妖怪の理　妖怪の檻	京極夏彦	知っているようで、何だかよくわからない存在、妖怪。それはいつ、どうやってこの世に現れたのだろう。妖怪について深く愉しく考察し、ついに辿り着いた答えとは。全ての妖怪好きに贈る、画期的妖怪解体新書。
幽談	京極夏彦	本当に怖いものを知るため、とある屋敷を訪れた男は、通された座敷で思案する。真実の〝こわいもの〟を知るという屋敷の老人が、男に示したものとは。「こわいもの」ほか、妖しく美しい、幽き物語を収録。
冥談	京極夏彦	僕は小山内君に頼まれて留守居をすることになった。襖を隔てた隣室に横たわっている、妹の佐弥子さんの死体とともに。「庭のある家」を含む8篇を収録。生と死のあわいをゆく、ほの瞑（ぐら）い旅路。
遠野物語 remix	京極夏彦 柳田國男	山で高笑いする女、赤い顔の河童、天井にぴたりと張り付く人……岩手県遠野の郷にいにしえより伝えられし怪異の数々。柳田國男の『遠野物語』を京極夏彦が深く読み解き、新たに結ぶ。新釈〝遠野物語〟。

角川文庫ベストセラー